Jorge Morales – Franceschi

A QUIEN AMA LAS EMOCIONES

Jorge Morales - Franceschi

Jorge Morales – Franceschi

ISBN: 978-9962-05-930-1

Copyright© 2015

Jorge Morales – Franceschi

A Quien Ama Las Emociones

Primera edición. Enero 2015

Segunda edición. Marzo 2015

Tercera edición. Septiembre 2016

Cuarta edición. Mayo 2017

Quinta edición. Noviembre 2020

Esta recopilación de cuentos es una obra de ficción, los nombres, personajes e incidentes son producto de la imaginación de su autor. Cualquier parecido con la realidad es mera coincidencia.

Impreso en los Estados Unidos de América.

Copyright© 2020

"A quien ama las emociones, a quien busca
virtudes en lugar de defectos, a quien prefiere amar
en lugar de odiar, pero, sobre todo, a quien es capaz
de hallar placer en la depresión y la melancolía del
modo en que yo lo hice"

Jorge Morales – Franceschi

Contenido

Jorge Morales – Franceschi

La última misión

Jorge Morales – Franceschi

Juan era un soldado del ejército muy hábil, con un entrenamiento de muchos años, viene de una familia de militares de profesión, su padre fue militar, al igual que su abuelo.

Este hombre vivía muy enfocado en las misiones asignadas, y en defender a su país el cual amaba entrañablemente. Nunca paso por su mente encontrar el amor en el lugar menos esperado. Un día conoce a Sofía, una joven muy hermosa, alta, cabello rubio, ojos verdes y una piel muy blanca y suave, todo un espectáculo de mujer, soldado igual que él, desarrollan una amistad muy especial y al cabo de algún tiempo se hacen novios. Pues tenían muchas cosas en común.

Luego de salir durante unos tres años deciden formalizar su relación y ambos se casan en la base militar. Ya no estaban activamente en combate, y luego de algunos meses, después de finalizada la guerra, ambos son dados de baja con honores y deciden regresar a casa, en la ciudad natal de Juan.

La ciudad natal de Juan solía ser un lugar muy tranquilo, donde había gente buena y educada, pero con lo que Juan no contaba es que luego de muchos años de servicio militar, aquella ciudad que él había conocido, esa que lo vio nacer, se había convertido en tierra de nadie, olvidada por el gobierno y controlada por las pandillas, la prostitución y el narcotráfico.

Durante el viaje de regreso, Juan le cuenta a Sofía sobre su pueblo natal, todas las cosas que vivió de niño y de cómo añoraba entrañablemente ver a su madre después de casi quince años de estar en el ejército.

Al llegar al pueblo, Juan y Sofía son recibidos por la señora Isabela, la madre de Juan, una mujer de cincuenta y siete años, muy atractiva, de estatura media, ojos cafés y un cabello lacio. Isabela muy llena de júbilo al ver a su hijo convertido en todo un hombre; lo abraza y lo besa, Juan se habían enlistado en el ejército a los diecisiete años, hoy día Juan tiene ya Trinta y dos años. Sofía tiene treinta y un años.

Ellos deciden establecerse allí.

Cierta tarde de febrero, muy cálida, cielo azul, Juan y Sofía salen al supermercado para comprar algunos víveres.

—Voy con Sofía a comprar algunas cosas para la cena, volveremos enseguida —le dice Juan a su madre.

—Este bien hijo, cuídense.

Ellos salen rumbo al supermercado.

Debido a que era un pueblo pequeño, ya todos sabían que Juan había regresado del ejército y que tenía fama de ser un gran peleador y bueno en el aspecto táctico – ofensivo - defensivo.

Al otro lado de la calle se encuentra el llamado "cuartel de operaciones" de Pablo y sus compinches. Pablo era un muchacho de veinticuatro años, de estatura relativamente alta, pelo castaño, ojos cafés. Todo un delincuente a pesar de su corta edad. Este muchacho su padre lo abandono a los tres días de nacido y su madre falleció de leucemia cuando el apenas tenía dos años. Por lo que la mayoría del tiempo se crio en orfanatos y principalmente en la calle. Este muchacho a los trece años ya había sido arrestado por robos, venta de drogas, y destrucción de la propiedad pública.

A los dieciocho años se hace líder de esta pandilla, autodenominada "los hijos sin padre".

Volviendo al presente, ese mismo día llega Ramiro, un desertor de una banda rival, con ansias de formar parte de la banda de Pablo.

Pablo mira hacia el frente de la calle mientras habla con Ramiro.

—Si deseas formar parte de esta organización, será necesario que pases por la iniciación, deberás hacer algo que nos demuestre que eres digno de pertenecer a esta "familia" —le dice.

—Haré lo que sea necesario, no importa, tú me conoces Pablo, tú sabes que yo voy a hacer lo que tengo que hacer, sin importar nada ni nadie —responde Ramiro.

—Perfecto, tu misión es la siguiente: deberás entrar a la casa de Juan, el soldado que acaba de llegar, y violar a su madre, tú sabes que esa señora se ve muy bien a pesar de sus años, ¿no te gustaría hacerla tuya?

—La doña se ve bien y claro que me gustaría hacerla mía, pero el hijo me mataría a golpes, sin contar que la doña podría denunciarme a la policía.

—He aquí la parte importante, debes violar y asesinar a la mujer, para que no haya testigos en el caso.

Ramiro lo piensa detenidamente por unos cuantos segundos, luego Pablo le dice que Juan y Sofía han salido al supermercado y que esta es la oportunidad perfecta para entrar y completar la misión asignada.

—Bien, lo haré —responde Ramiro.

—Perfecto, nosotros te cubriremos desde aquí en caso de que algo falle.

En ese preciso momento, Juan y Sofía aún estaban en el supermercado muy enredados comprando algunas cosas, pero Juan de repente comienza a tener un mal presentimiento, como si algo malo fuese a pasar, él le comenta a Sofía y esta le dice que se tranquilice, que nada malo va a pasar.

Juan comienza a pensar y a pensar en eso. Y no puede estar tranquilo.

De regreso a la casa de Juan; Ramiro sale del cuartel donde se reúnen Pablo y sus secuaces, el cielo se comienza a nublar, aquel sol tropical de febrero que estaba presente se perdió por completo. Ramiro a paso firme va caminando hacia la puerta de la casa de Juan, cuando llega,

Este, toca el timbre, Isabela como es muy precavida y sabe que su pueblo es un sitio peligroso, pregunta primero quien es y que desea, Ramiro responde que es testigo de Jehová y que viene a hablar sobre la biblia.

Isabela, que, a pesar de ser católica practicante, siempre ha sido una mujer de principios y que cree en las libertades de culto y en la tolerancia, decide abrirle la puerta.

Al momento que abre la puerta, Ramiro la tira al piso a ella y le apunta con un arma calibre .44 y le dice que haga exactamente lo que él diga, Isabela muy asustada le dice que en la casa no hay dinero ni nada de valor, si bien es cierto no era ricos, pero Vivian bien, gracias a la pensión de Isabela y a los ahorros de Juan y Sofía.

—No es por dinero por lo que vengo, es por ti, vengo a hacerte mía —le dice Ramiro.

Y es en ese momento donde empieza la pelea, Isabela lucha con todas sus fuerzas contra Ramiro, pero este es más fuerte que ella, la golpea muy fuertemente en distintas partes del cuerpo, en la lucha; toda la sala queda completamente destrozada, hay sangre por todos lados, en su mayoría de Isabela.

Una vez, ya prácticamente sometida por aquel vándalo y sin fuerzas para luchar, este le destroza la ropa hasta dejarla completamente desnuda.

El comienza a penetrarla una y otra vez, de manera muy salvaje, hasta el punto de desgarrarla internamente. Su expresión facial era de satisfacción mientras perpetraba aquel horrendo crimen, y una vez ya finalizado el acto, Isabela aún con vida, yacía tirada en el suelo de la sala de su casa, aquello era verdaderamente horrible.

Ramiro se sube el pantalón y enciende un cigarrillo mientras sale de la casa y camina a paso lento pero firme, hacia el escondite de Pablo y sus secuaces.

—El trabajo está listo, ya he tomado para mí, a la perra esa y, a decir verdad, lo disfrute bastante, esta como quiere esa doña —dice Ramiro.

—¿Aun está viva? —pregunta Pablo.

Ramiro: - si aún está viva, por eso vine, por si tú y los muchachos se la querían tirar, o al menos, lo que queda de ella.

19

—Muchachos, ¿ustedes quieren tener sexo con la doña esa?

El resto de los muchachos respondieron que sí, de modo que todos cruzaron la calle hasta la casa se Isabela y comenzaron a violarla y golpearla por turnos hasta saciarse.

Finalmente, Isabela no aguanto más y pereció en el acto.

Luego los muchachos se fueron contentos después de lo que habían hecho. Pablo le da la mano y un abrazo a Ramiro y le da la bienvenida oficialmente a su banda. Claro está que Pablo no contaba con lo que acontecería más adelante luego de haber orquestado tan horrendo crimen.

Mientras tanto, Juan y Sofía se demoran más de lo previsto en el supermercado.

—Estoy preocupado por mi madre, estoy llamando a la casa y nadie me contesta, ¿será que le habrá ocurrido algo? —dice Juan.

—A lo mejor está ocupada en la cocina o hablando con alguna amiga, tranquilízate mi amor, ya verás que todo está bien —responde Sofia.

—No sé, pero desde hace rato tengo un mal presentimiento, es algo inexplicable, como si algo estuviese pasando.

—La verdad yo también me estoy preocupando, mejor vámonos ya para la casa a ver qué sucede, ojalá todo este bien.

Ambos deciden ir rápidamente hacia la casa, en el camino Juan no deja de pensar en su madre, en los momentos cuando él estaba muy pequeño y su padre había fallecido. Lo triste y sola que se sentía luego de haber perdido al amor de su vida. En la vida hay amores que llegan y se van y otros que llegan, se quedan y más nunca se van, a pesar del tiempo, la distancia e incluso la muerte, aún sigue allí en lo más profundo del corazón.

Sofía va manejando el auto mientras Juan sigue pensativo…

Ambos llegan a casa, y Sofía estaciona el auto en el garaje. A Juan le llama poderosamente la atención encontrar la puerta abierta. Y había pisadas en el suelo, zapatos de hombre más específicamente, Juan comienza a sospechar que algo malo pudo haber ocurrido y saca rápidamente un arma que guarda en la guantera del auto. Él se aproxima muy despacio a la casa, y le dice a Sofía que le cubra, Sofía también tiene un arma, entendible aun, tomando en cuenta que ambos estuvieron muchos años en el ejército, hay costumbres que no se olvidan tan fácilmente.

Juan se acerca a la puerta muy despacio mientras Sofía lo cubre. La puerta está entre abierta, y él la abre del todo, fue entonces cuando de repente, escuchan un ruido en la parte de atrás, ambos voltean muy rápido y apuntan directamente, pero tan solo era un gato que estaba trasteando la basura. Van entrando muy despacio a la casa, y observan que la sala está completamente destrozada, tanto el piso como las paredes, había sangre por todos lados, evidencia clara de violencia, luego Sofía mira hacia el suelo y pone una cara de asombro total ante lo que estaba viendo, Juan mira hacia el suelo y ambos contemplan el cuerpo sin vida de la madre de Juan, completamente desnudo, con claras evidencias de violencia física y sexual, pues aun tenia rastros de semen cerca de las piernas, y en el área genital.

En ese momento la vida entera de Juan paso por su mente en "flash backs", comenzó a recordar cosas que incluso ya había olvidado, recuerdos de su niñez, de su adolescencia, de sus primeros años en el ejército, las misiones que tuvo, los hombres que tuvo que matar para salvar su vida y la de otras personas inocente, cuando conoció a Sofía, en fin, toda su vida paso por su mente en ese momento, el estado de shock era evidente en Juan, Sofía comienza a llorar y abraza a Juan, mientras este tiene una expresión que Sofía jamás antes había visto, era como si físicamente estuviera allí, pero su mente en otro lado.

Juan aún seguía en estado de shock por lo ocurrido. Sofía llamo a la policía y demoraron casi 45 minutos en llegar, aun siendo un pueblo relativamente pequeño. La policía acordonó el área y se procedió al levantamiento del cadáver. Los policías, la verdad es que tenían poco interés efectivo en relación al caso, esto debido a que muchos les temen a las pandillas del área, y porque muchos de esos mismos pandilleros les pagan a policías corruptos por protección.

Pasaron los días y la policía decidió cerrar el caso de la violación y asesinato de la madre de Juan, esto debido a "falta de evidencia" en el caso. En realidad, el caso fue cerrado porque Pablo sobornó al jefe de la policía para que olvidara todo ese asunto.

Juan aún seguía muy deprimido por lo que le había pasado a su madre, es que simplemente no se explicaba que clase de canalla sería capaz de cometer semejante crimen, y andar tan tranquilamente por allí. Sofía lo animaba en todo lo que podía, pero la depresión era tan grande que Juan estaba al borde del abismo.

Transcurridos ya tres meses, Juan se acerca a la policía a averiguar cómo van las investigaciones por el caso de su madre. Era un día nublado de mayo, las calles estaban desoladas, pues el temor de la población a salir era muy latente.

Se acerca a la jefatura de policía…

—Buenas tarde comandante, me gustaría saber cómo van las investigaciones con referente al caso de mi madre —dice Juan.

—Bueno, debo decirte que ese caso lo cerramos por falta de pruebas, no tenemos indicio alguno que nos lleve a dar con el paradero de los culpables en este caso, además, ten en cuenta que es un pueblo pequeño y no tenemos los recursos para una investigación como esa —le responde el comandante Zaldívar.

En ese momento, la ira y la impotencia se apoderaron de Juan y muy histérico empieza a gritar:

—¿Cómo se atreve usted a decirme que no hay recursos para la investigación del asesinato de mi madre?, la investigación debe continuar, el crimen de mi madre no puede quedar impune, ¿qué clase de sistema de justicia es este?, donde aquel que más armas y dinero tiene es el que obtiene lo que quiere.

—Tú debes saber eso mejor que nadie, tú estuviste en el ejército, y sabes que aquel que es más astuto y con mejor armamento tiene mejores posibilidades de salir victorioso —responde el comandante.

Juan se queda meditando en las palabras del comandante, mientras camina muy despacio. De repente empieza a llover y Juan sigue caminando bajo la lluvia como si nada, es entonces cuando Juan se da cuenta que aquella libertad y justicia que tanto había defendido en combate, en realidad era falsa, pues en una sociedad donde el más fuerte y el que tiene cierta condición económica es que triunfa, desafortunadamente, no hay esperanzas para aquella clase humilde y trabajadora.

Juan llega a la casa, prácticamente es de noche, empapado producto del aguacero que había caído durante la tarde.

Le cuenta lo sucedido en la comisaria a Sofía, y esta le da un abrazo y le dice que no se preocupe, que aquellos degenerados recibirían su castigo.

Entonces, Juan la mira fijamente a los ojos.

—Sofía, mi amor, ¿estás pensando lo mismo que yo?

A lo que Sofía lo mira fijamente y le dice: - Pensé que nunca se te pasaría por la mente eso.

Y es que entre ellos existe esa especie de conexión a nivel emocional y sentimental.

—Si la justicia en este caso nos ha dado la espalda, no nos queda más remedio que tomar la justicia por nuestras propias manos, yo en el día de hoy catorce de mayo, juro que moveré cielo y tierra, hasta encontrar a los responsables de la violación y asesinato de mi madre y los haré pagar por ello.

—Sabes que cuentas con todo mi apoyo, no descansaremos hasta encontrar a esos bastardos y los haremos pagar con sangre el haberse metido con nosotros —le dice Sofia emocionada.

Y es aquí, donde Juan y Sofía comienzan a idear un plan para ubicar a los responsables del crimen. Para ello buscan ayuda de algunos amigos del ejército, estos al escuchar lo sucedido deciden acudir a ayudar a sus buenos amigos. Lo que Juan no sospechaba aun es que tenía al responsable de la muerte de su madre cruzando la calle.

Mientras tanto, por el pueblo se corre la voz que Juan y Sofía andan en busca de venganza por lo que le ocurrió a Isabela. Lógicamente esta información llega a oídos de Pablo.

—Ahora, ¿qué vamos a hacer?, dicen que el ex militar anda con sed de venganza y busca a los responsables de lo que le paso a su madre. Si se entera que fuimos nosotros, estamos muertos, además, ya se corrió la voz que reunió a un equipo, de soldados amigos de él y de su mujer —le pregunta Ramiro a Pablo.

— No te preocupes, de lo que trae el soldadito ese, va a llevar, tenemos muchas armas y hombres muy bien entrenados para defendernos —le responde Pablo mientras sonríe levemente.

Tan cerca y a la vez tan lejos, era inminente que Juan y Pablo eventualmente se verían las caras.

Transcurridos un par de días, llegan a la casa los amigos de Juan y Sofía, aquellos que decidieron acudir con el objetivo de buscar, encontrar y matar a aquellos que le quitaron la vida a la madre de Juan.

Del equipo que forma Juan, primero tenemos a Saúl Artiaga, un tipo bastante problemático, estatura media, cabeza rapada y músculos bastante pronunciados. Saúl tuvo muchos problemas en el ejército e inclusive llego a golpear a un coronel, esto debido a un conflicto de ideas que tuvieron en un momento dado.

Luego tenemos a Sarah Fuentes Wetham, de madre judía y papá español, esa mujer, domina toda clase de artes marciales y armas de fuego. Aparte es un genio de la informática y tiene la más alta tecnología en lo que a aparatos para espionaje y robo de información se refiere. Fue dada de baja del ejército porque en un entrenamiento de rutina mató a un compañero de un solo puñetazo. Y por último tenemos a Miguel Prado, un tipo con un entrenamiento de muchos años es el mayor del grupo, tiene casi cincuenta años. Mucha experiencia en combate y en lucha cuerpo a cuerpo. Es un hombre muy inteligente con una memoria muy prodigiosa.

Luego de formar el equipo y explicarles la situación detalladamente a sus amigos, es en este punto donde Juan, en compañía de su amada y sus amigos emprende esta última misión, encontrar a los canallas que violaron y asesinaron sin piedad a su madre y castigarlos por tan horrendo crimen.

Ellos comienzan con las investigaciones para dar con el paradero de estos criminales, luego de varias semanas de búsqueda, todas las pistas, parece arrojar a que los responsables son los integrantes de la banda de Pablo.

Pablo por su parte, va preparando a los muchachos, pues el enfrentamiento contra Juan y sus amigos es inevitable.

Ramiro y los otros muchachos están atemorizados, pero Pablo luce tranquilo, sin miedo a nada. A fin de cuentas, él no tiene nada que perder, pues no hay absolutamente nada que él ame o quiera en esta vida. Es precisamente, cuando piensa detenidamente, y les pregunta a los muchachos, qué es lo que más Juan ama en esta vida después de su madre, los muchachos responden al unísono que: a Sofía, claro está.

Pablo les dice a los muchachos que esa es la clave para derrotar a Juan; hay que pegarle donde más le duela, ya después de haberle quitado a su madre, el haría todo lo humanamente posible por salvar la vida de su amada Sofía.

Juan ya preparado decide ir de una vez por todas a enfrentar a Pablo y a sus hombres. Estos no se encontraban en su habitual escondite frente a la casa de Juan, se habían trasladado a una vieja galera abandonada en las afueras del pueblo. Juan y sus amigos se disponen a ir allá, con muchas armas pues sabrían que la pelea seria dura e intensa. Pablo por su parte estaba en aquella galera esperando por Juan. Cuando por fin llegaron, Juan se baja del carro mientras Saúl lo cubría, iba con un arma calibre nueve milímetros, vestido con un largo abrigo negro, se había dejado crecer la barba, tenía muchas ojeras producto de la falta de sueño. Iba caminando muy despacio, hasta que Sarah escucha un ruido extraño y suelta el primer disparo, es entonces cuando comienza el tiroteo, y Juan va corriendo rumbo hacia la galera para enfrentar a Pablo, los disparos eran cada vez más fuertes, lo curioso es que debido a la distancia que se encontraba ese lugar del centro del pueblo, nadie podría escuchar lo que estaba ocurriendo, y aunque lo pudieran escuchar, nadie, ni siquiera la policía haría algo al respecto, por temor a las represalias que podría tomar Pablo en contra de aquel que tuviese la osadía de interferir con sus asuntos. Recordemos que la madre de Juan fue vilmente violada y asesinada, a pesar de los gritos desesperados de Isabela, nadie acudió en su ayuda.

Volviendo al tiroteo en la galera, Juan logra entrar al sitio y es recibido por un sin número de disparos, adentro estaban los hombres de Pablo esperando con armas automáticas, Juan se esconde detrás de una viga de acero, la usa como protección para seguir disparando. En ese momento, entra Sofía disparando para cubrir a Juan, pero no se percató que Pablo se encontraba en la parte superior del edificio y desde allí, le disparo a Sofía en el pecho, ella cae

34

al suelo herida, y Juan al ver eso, corre a los brazos de su amada. Mientras tanto afuera, estaba Saúl luchando cuerpo a cuerpo con uno del hombre de Pablo, hasta que logra romperle el cuello y lo deja tirado en el suelo.

Por su parte Sarah entra a la galera por la parte de atrás y ve a Ramiro tratando de huir al verse completamente acorralado, ella lo ve y trata de detenerlo, luego comienzan a pelear y ella logra someterlo y lo amarra de pies y manos, además le coloca una cinta adhesiva en la boca. Luego ella saca un cuchillo y le dice que más nunca podrá volver a hacerle daño a otra mujer, procede a bajarle los pantalones y le corta su miembro reproductor. Pese a la cinta adhesiva en su boca, era posible escuchar los gemidos de dolor muy fuertes de Ramiro. Sarah estaba completamente llena de sangre, y parecía disfrutar mientras castraba a Ramiro, todas sus tendencias sádicas se hacían realidad, además le daba su merecido castigo a aquel salvaje canalla.

Adentro, Juan trata de contener la hemorragia de Sofía, desafortunadamente, es demasiado tarde y Sofía pierde la vida a manos de Pablo. Al ver esto, Pablo baja de la parte más alta de la galera y se aproxima a Juan.

—Te quite a las dos mujeres que más amas en esta vida, ahora la pregunta es, ¿qué vas a hacer al respecto? —le dice Pablo.

Juan se queda pensativo por unos cuantos segundos, aún sigue sin poder creer que su amada Sofía está muerta en el suelo, aquel que pensaba que ya no le quedaban lagrimas que derramar, pues todas las había derramado por su madre, descubrió que aún le quedaba una última lagrima, y fue en ese momento que Juan se levanta del suelo

—Es cierto, me quitaste a las dos mujeres que más amaba en esta vida, hay pocas cosas en la vida que de verdad me importan, pero luego de haber perdido a mi madre y a Sofía, ya nada me importa, y para responder a tu pregunta, voy a darte la muerte que mereces.

En ese momento, Juan suelta el arma que tiene en su mano, Pablo hace lo mismo, y ambos comienzan a luchar en un combate cuerpo a cuerpo, allí llegan los amigos de Juan, luego de haber acabado con toda la banda de Pablo, deciden no meterse en la pelea, pues este era un asunto que debía arreglar Juan personalmente.

La pelea se pone algo intensa, Juan parece comenzar a perder las fuerzas y Pablo aprovecha para golpearlo, sin embargo Juan en ese momento, cuando ya todo parece perdido y que morirá a manos de Pablo, vienen a su mente los recuerdos de su madre y su padre, de aquella infancia feliz que tuvo antes que su padre falleciera y de los momentos felices que paso junto a Sofía, es allí donde Juan se levanta, pues estaba prácticamente en el suelo, y suelta un golpe contra Pablo que deja a este tendido en el

suelo, Juan comienza a golpearlo repetida-
mente hasta matarlo por completo.

En ese momento llega la policía de la ciudad y efectivos militares, acordonan el área, en
aquella galera había suficiente evidencia para
probar todos los crímenes cometidos por Pablo
y sus secuaces.

La presencia militar fue necesaria para
desarticular el resto de las bandas que operaban
en aquel pueblo.

Juan luego de lo sucedido comienza a reflexionar sobre muchas cosas, él pensaba que
haciendo pagar a aquellos delincuentes por la
muerte de su madre, se sentiría mejor, hallaría
paz interior, mas no fue así, pues en aquella sed
de venganza, se dio cuenta que había perdido
al amor de su vida, a su amada Sofía, y ahora se
siente más vacío que nunca. Aquella libertad,
todos los ideales por los que había luchado por

años eran falsos, pues muchas veces la corrupción sega al hombre y el crimen se apodera de aquellos lugares que alguna vez fueron de paz y tranquilidad. Juan recibió una medalla y las llaves de la ciudad en reconocimiento por su valor al enfrentar a esos delincuentes, del mismo modo que una disculpa oficial por parte de la policía, debido a la negligencia con la que se manejó el caso de violación y homicidio de su madre. Lastimosamente, ya nada de eso importaba para Juan, pues no habría nada en el mundo que pudiera devolverle a su madre y su esposa. Es así como Juan decide marcharse de su pueblo natal para siempre, a recorrer el mundo en busca de paz y tranquilidad para su alma, aquella paz y tranquilidad que le fueron arrebatadas bruscamente cuando pensaba que ya todo sería felicidad, pero al menos, cumplió su última misión, castigar aquellos delincuentes que le arrebataron a su madre y a su esposa, del mismo modo que arrebataron la paz y tranquilidad que su pueblo alguna vez tuvo, y que ahora podrán recuperar después de tanto tiempo.

Jorge Morales - Franceschi

El escritor que no conocía el amor

Jorge Morales - Franceschi

Una vez alguien me dijo que la fama y el dinero no lo compran todo en la vida, es cierto que puede proporcionar cierta tranquilidad, pero muchas veces teniéndolo todo en la vida, llega un punto en que sientes que te hace falta algo, ese algo que no sabes que es, esa pieza del rompecabezas tu vida que podría llegar a hacerte inmensamente feliz.

Yo soy feliz si me lo preguntan, mas no inmensamente feliz, mi nombre es Alexander Ledezma - Saint Malo, bueno, en realidad ese no es mi verdadero nombre, se trata de un pseudónimo que empleo para publicar mis escritos, vivo una vida llena de paz y tranquilidad, ya que poca gente me reconoce en la calle. A la gente le interesan las historias, mas no quien las escribe. Por lo tanto, no podré decirles mi verdadero nombre.

He publicado una serie de libros, en su mayoría novelas, de diversos géneros, también siento cierta simpatía hacia la crítica y el ensayo, aunque no son mi fuerte. La mayoría de mis libros han sido adaptados y llevados a la pantalla grande. Yo solía pensar que era inmensamente feliz, ya que tenía mucho dinero, tenía a mi familia, y estaba haciendo lo que más me apasionaba en la vida, escribir. Me encerraba por días, incluso semanas, escribiendo. He llegado a publicar hasta tres libros por años. Y la verdad eso me llenaba de mucha satisfacción.

Crecí en un hogar muy modesto, mi padre era contador de una empresa y mi madre era farmacéutica. Tengo dos hermanos, menores que yo, a los cuales amo entrañablemente.

Descubrí mi pasión por la escritura como a eso de los catorce años, escribía poemas de amor, cuentos, así como ensayos. La verdad no se en que punto de mi vida dejé de escribir poemas de amor y me convertí en novelista, trato de descifrarlo, pero no consigo respuesta lógica ante tal interrogante.

Dado el hecho de haber sido criado de una manera modesta y a pesar de haber acumulado un capital considerable, aún seguía viviendo en mi apartamento, bastante modesto dirán ustedes, con relación a cómo viven otros escritores famosos.

Todo solía ser color de rosa en mi vida, o al menos eso pensaba yo, hasta que un día desperté, y me miro al espejo. Veo que ya no soy el muchacho aquel de veintitantos años, ahora acabo de cumplir cuarenta años, y por primera vez en la vida, siento que me hace falta algo, algo que quizás debí hacer tiempo atrás, pero por enfocarme mucho en mi trabajo, lo descuide por completo, de aquel conjunto de cosas que forman parte del rompecabezas de mi vida, me di cuenta que hacen falta piezas, y son precisamente esas piezas las que podrían hacerme sentir inmensamente feliz, puesto que no considero que una sola cosa en particular puede hacer feliz a una persona, sino un conjunto de pequeñas cosas, por muy insignificantes que parezcan.

Ya no estoy sintiendo misma pasión de antes por escribir, me siento solo, aunque este rodeado de muchas personas, ya no tengo las mismas ideas de antes, es como si de la noche a la mañana todo el mundo que creía perfecto se hubiese desvanecido, y ahora solo veo oscuridad y tinieblas.

Y así pasan los días, los meses, y sigo sin poder comer, sin poder escribir, sin poder pensar, eventualmente mi editor comienza a presionarme, ya que no he publicado absolutamente nada en mucho tiempo, aquellos días de gloria parecen haberse ido para más nunca volver, sin embargo, guardo la esperanza en lo más profundo de mi corazón, que podre encontrar la solución a esta profunda depresión que ahora me aqueja. Al menos ya di el primer paso, admitir que estoy atravesando por una profunda depresión, ahora solo me falta descifrar el porqué de esta depresión.

Busqué ayuda profesional, muchos médicos, gaste grandes sumas de dinero en tratamientos, esperando obtener algún tipo de mejoría, pero nada parece tener resultado, es más, comienzo a sentirme cada vez peor, a tal punto que se me hace completamente difícil, casi imposible, levantarme de la cama, salir a la calle se ha convertido en un martirio para mí, el ruido, la gente, solo siento ganas de estar encerrado, solo, pues parece ser que he encontrado placer en la soledad, que en la compañía de la gente que más quiero, mi familia y unos cuentos amigo. Y es que, sin darme cuenta, había apartado de mí a la gente que más he querido y aquellos que me demostraron su apoyo incondicional, pues pase muchos años sin ver a mis papas, y luego que ambos fallecieran de causas naturales, me aparte de mis hermanos y de mis sobrinos. En cuanto a mis amigos, debo admitir, debido a mi trabajo, no tengo muchos amigos, pero al menos los pocos que tengo, sé que son sinceros, pues como dice el dicho, no colecciono amistades, pues no colecciono hipócritas. La sinceridad siempre ha sido algo importante para mí, por lo tanto, aparto a mucha gente que no me han parecido sinceras, del mismo modo que gente que considero, no tenían nada bueno que aportar en mi vida en un momento dado.

Cierta mañana, algún día de septiembre si la memoria no me falla, salgo a caminar un poco, para relajar la mente, pues recordé que, en mis años juveniles, las caminatas me relajaban la mente. Luego de dar una vuelta a la cuadra, me dispongo a cruzar la calle, frente a mi edificio hay una cafetería donde suelo compra desayuno y cappuccino moca. Iba caminando cabizbajo y pensativo, fue entonces cuando miro hacia el frente, y justo en el momento que voy entrando a la cafetería, va saliendo, la que, sin lugar a duda, es la mujer más hermosa que he visto en toda mi vida, cabello rubio, ojos cafés, estatura baja y un rostro de mujer angelical. En ese momento, fracción de segundos, sentí un sin número de cosas, sentí una brisa recorriendo todo mi cuerpo, sentí el aroma de las rosas, sentí belleza, sentí paz, sentí armonía, sentí que cada cosa en mi vida ya tenía un sentido, sentí lascivia, sentí amor, fue como un frenesí, algo que nunca en mi vida había sentido, tantas cosas, luego ella me mira directo a los ojos, intercambiamos miradas, ella sonríe y dice un simple "hola, buenos días" y sigue caminando, algo apurada pues parece que va tarde hacia su lugar de trabajo.

Luego de haber visto a esa mujer, sentí que debía conocerla, aquella que despertó en mí, sentimientos que ni siquiera sabían que existían. Me aproximo hacia el mostrador, y le pregunto a la dependiente del lugar quien es esa mujer que acaba de salir, esa mujer que me ha cautivado por completo. La muchacha sonríe y me dice que como puede ser posible que nunca la haya visto, si esa mujer tiene casi 5 años visitando la misma cafetería y que inclusive, ella siempre me ve y se queda mirándome las veces que voy a compra mi café y el pan, inclusive, ustedes tienen los mismos gustos, me dice la muchacha, - pues a ella le fascina el capciono moca con pan de pasitas en la mañana - , que es exactamente lo que yo pido todos los días.

En busca de más información sobre esa mujer, me aproximo donde un señor que tiene un pequeño puesto de frutas y vegetales, casi a un costado de la cafetería. Le pregunto al señor si conoce o ha visto a esa hermosa mujer. El señor, de nombre Samuel, es de ascendencia afroantillana, bastante mayor, gran conversador, me comenta que en efecto ella tiene casi 5 años de ir a la cafetería, pues su trabajo está cerca de allí, ella es la gerenta de un pequeño hotel que hay en la siguiente calle. El señor Samuel parece bastante asombrado ante mis cuestionamientos, lo cual yo no entendía en el momento, hasta que él me dice que esa mujer vive en el edificio de enfrente, y si, tal como lo describí anteriormente, yo vivo en el edificio frente a la cafetería, de modo que descubrí que esa mujer vive en el mismo edificio que yo. Increíble pero cierto, yo tengo casi 6 años de vivir en ese edificio y jamás la había visto. Fue aquí donde empecé a hacerme una serie de cuestionamientos sobre mi vida y sobre las cosas que quizás me haya estado perdiendo, por enfocarme demasiado en mi carrera.

Decidido a conocer a esta mujer, espero sentado en la puerta del edificio, la espera se me hace eterna hasta que cae la noche, a pesar del frio normal, dada la época del año, no hay poder humano que me haga ir adentro, siento que debo esperarla afuera. Y de repente la veo caminando con una bolsa del supermercado, ella es, tan hermosa o incluso más aun, en comparación a cuando la vi en la mañana, ella me mira sonríe, yo la miro y sonrió también, no puedo evitar sonrojarme ante tan incómoda situación para mí, tomando en cuenta que todas las emociones son nuevas para mí, ella decide romper el hielo, y me dice: "¿estas esperándome?", ante ese comentario no sabía que responder, yo que siempre había gozado de buena sintaxis del idioma, me quede completamente sin palabras ante esa mujer, yo le respondo entonces: "Bueno, la verdad que sí". Ella se me queda mirando con esa mirada picara que la caracteriza, levanta la ceja izquierda mientras me mira y luego dice: —¿y entonces no me vas a invitar un café o algo?, ¿cuál fue el objetivo de tanta espera? —, fue algo indescriptible lo que sentí en el momento que dijo eso, mi reacción fue una sonrisa, y desde luego la invité a caminar y a tomar un café. Ella me dijo que la iba a entrar a dejar la bolsa del supermercado, se cambiaría la ropa de trabajo por algo más informal y luego iríamos a caminar y a tomar ese café. Yo desde luego acepte, a fin de cuentas, si había esperado largas horas sentado en las escaleras de la puerta principal del edificio, no veo razón por la cual no esperar unos minutos más.

Al cabo de unos veinte minutos, para ser más preciso, sale la mujer, vestida con un pantalón bluejeans, camisa verde y unas zapatillas, estaba sumamente hermosa, debo decir, ella se me queda mirando y sonríe nuevamente, luego yo sonrió al unisonó y me sonrojo, ella me dice: —¡Vamos, pues! —. Y nos fuimos caminando y conversando.

Decidimos ir a un café que está a algunas cuadras del edificio, entendible claro, si lo que importaba en si era el conversar con ella y no el café. Supe el nombre de aquella hermosa mujer, es Mariana, es extranjera y me comento que fue criada por su abuelita.

Ella es todo un encanto de mujer, no solo belleza física, escucharla hablar es una entera delicia, es muy inteligente y refinada, se ve que ha vivido mucho, que ha viajado y que del mismo modo que hubo alguna vez felicidad en su vida, también hubo sufrimientos y desengaños.

Ella me conto muchas cosas de su vida y yo le conté muchas cosas de mi vida también. Le dije que soy escritor, le dije mi verdadero nombre, generalmente no abro mi corazón y cuento cosas tan intimas y personales con nadie, pero Mariana tiene ese algo, que desconozco por completo, que, por alguna extraña razón, me inspira a contarle todo, claro está que esto ocurrió luego de haber entrado en confianza y pasado el éxtasis y la emoción del primer encuentro.

Conversamos por horas y horas, los temas parecían no acabarse y yo cada vez más envilecido con ella, se hizo la media noche, y ella debía ir a trabajar en la mañana temprano, de modo que caminamos a casa, fue tanta mi sorpresa al entrar al edificio y acompañarla hasta la puerta de su apartamento, pues este se encuentra ubicado justo al frente del mío, mucha ironía, jamás en mi vida había visto a esta mujer, hasta el día de hoy, la tuve tan cerca y a la vez tan lejos. La dejo en la puerta de su casa y me despido con un simple: "Hasta mañana" y ella me dice lo mismo. Luego de eso entro a mi apartamento y cierro la puerta, la felicidad me embriaga por completo, y me quedo pensando en ella toda la noche, esto debido a que, por alguna extraña razón, me resulta imposible conciliar el sueño.

Ya muy temprano en la mañana, como a eso de las 7:30 am, escucho a alguien tocar la puerta, y cuando voy a ver quién es, me encuentro con un cappuccino moca sobre el suelo y un pan cubierto con pasas, junto a esto, veo una nota que dice: "Buenos Días señor escritor, le traje el desayuno, aunque usted me debe un beso de despedida, atte. Mariana". Esa nota la verdad, termino de cautivarme por completo, fue tremendo detalle, que hasta dónde puedo recordar, nunca nadie había tenido conmigo, aunque me sentí mal por no haberle dado el beso de despedida, simplemente no me pareció prudente, pues, al fin y al cabo, era la primera cita. Ya veo que estoy algo "chapado a la antigua".

Durante la larga conversación que tuvimos la noche anterior, ella me comento que tiene una hija, de tres años, que no estaba en su casa, pues se había ido con la abuelita fuera de la ciudad por algunos días, ella estaba separada del padre de su hija y tenía ya bastante tiempo sin tener una pareja formal.

La verdad es que no me importaba el hecho que tuviese una hija, pues soy de los que piensa que, si quieres a alguien, ha de ser con sus defectos y virtudes, además, a diferencia de lo que piensen muchos hombres, no creo que una madre soltera sea un problema a largo plazo o una carga a nivel económico.

Luego de tomar el cappuccino moca y comer el pan, decido llamar a Mariana al hotel para agradecerle tan bonito gesto que tuvo. Ella me dice que está algo ocupada con unos clientes y me pregunta si sería posible que almorzáramos juntos, yo le digo que no hay problema alguno, con tal de estar a su lado, yo sería capaz de esperar el tiempo que sea necesario.

Y es que ahora que la conocí, han vuelto a mí las ganas de escribir, me he sentado en la computadora a las 8:17 am y a las 12:19 pm ya tenía bastante avanzada lo que sería mi próxima novela, así de inspirado estuve durante esas horas, para mi buena suerte; termine justo a tiempo para llegar a la cita con Mariana, pues su hora de almuerzo es a las 12:30 pm, como el hotel donde labora es relativamente cerca al edificio, no me tomaría mucho tiempo llegar allí.

Pude percibir al llegar al hotel, que es una mujer sumamente responsable con su trabajo, además, el resto de los colaboradores del lugar le tienen alta estima y la respetan mucho, por el alto nivel de profesionalismo que siempre ha demostrado.

De repente se me acerca una señora, bastante mayor, mucama del hotel, y me pregunta:
—¿Usted viene por la señora Mariana verdad?
Yo solamente sonrío.
—Se nota demasiado, por el modo en que la está mirando —dice ella y mientras siguió caminando.

58

Luego durante el almuerzo, Mariana me estuvo comentando sobre su trabajo y lo mucho que le gustaba, del mismo modo que tocamos más a fondo el tema de su hija pequeña. Su hija es todo para ella, y ella es consciente que quizás no se había dado la oportunidad de conocer a alguien más, tal vez por temor a fracasar de nuevo y más que nada porque siente que debe enfocarse en su carrera y en su hija primero, su manera de ver la vida me hizo reflexionar y darme cuenta que yo viví casi del mismo modo que ella, enfocado en mi trabajo y por temor a fracasar, no me atreví a aventurar, del mismo modo que ha explorar las diversas opciones que el mundo me brindaba.

Luego de tan amena conversación, ella regreso a su trabajo y yo a mi apartamento, pensando en tantas cosas me encontraba en ese momento, que decidí hacer lo que siempre me ha relajado y ayudado a despejar la mente, escribir.

Pasaron un par de días, y la pequeña hija de ella regreso del viaje con su abuelita, a ambos nos pareció que tal vez, no era muy buena idea que la niña me conociera aun, tomando en cuenta que no llevábamos mucho tiempo saliendo, a eso sumado el hecho que la relación no llevaba matices serios y aun estábamos en el proceso de conocernos el uno al otro.

De modo que dejamos las cosas fluir. Luego de pasados algunos meses, organizamos una reunión para que yo conociera formalmente a la niña. A pesar de que me encantaban los niños, parece que había perdido mi encanto y la niña, de nombre Clara, tenía cabello rizado color chocolate, ojos cafés iguales a los de su madre, y una piel muy blanca, era obvio que esa niña al crecer seria tanto o incluso más hermosa que su madre. Se mostraba un poco arisca con mi presencia, celos tal vez, sentía al ver que había otra persona en la vida de su madre, pues estaba acostumbrada a verla siempre sola, o con una que otra amiga, la relación con su padre no era la mejor del mundo. Pero era cuestión de tiempo, para que yo lograra conquistar el corazón de esa hermosa niña, no me dice papá por razones más que obvias, pero me quiere, me fui ganando su corazón, a tal punto que la Clara pregunta por mi cada vez que no estoy o le dice a su mamá cuando llegare a casa para jugar con ella. Sin lugar a duda, esa niña es todo un amor, desearía con todo mi corazón llegar a tener una hija como Clara.

Al cabo de algún tiempo la relación iba tomando un camino diferente, sentía cierto recelo de su parte, producto de diversas situaciones pasadas, y el temor al fracaso estaba latente, yo por mi parte más enamorado que nunca, empezaba a frustrarme la situación, si bien es cierto, la atracción era mutua, existía las dudas sobre la relación iba a durar, si de verdad habría algún futuro juntos. Así empezaron los problemas y las discusiones por cosas sin sentido, en su gran mayoría por culpa mía, pues en mi afán de amor y afecto, la estaban alejando por completo de mi lado.

Las cosas fueron empeorando, hasta el punto de que la relación se volvió prácticamente insostenible, y me di cuenta de que lo mejor era alejarme para siempre, pues cuando amas a algo realmente, eres capaz de dejarlo ir, pese a tu sufrimiento, si la persona que amas ya no es feliz a tu lado o nunca lo fue, es mejor dejar a esa persona buscar la felicidad y seguir adelante.

De modo que nos separamos, aunque vivíamos en el mismo edificio, nunca nos tropezábamos, ni por casualidad, y aquella alegría que sentía en mi corazón, se fue por completo, pues volvía a faltarme una pieza en el rompecabezas de mi vida. La depresión volvió a mí, a tal punto que llegue a pensar que la vida no tenía sentido. Exagerado de mi parte, luego entendí que debía primero ser feliz conmigo mismo, para luego poder ser feliz con otras personas, había estado tan ciego, que no me di cuenta de que los muchos años de soledad me había hecho daño y era necesario hacer un cambio en mi vida.

Así fue, comencé poco a poco aceptar aquellas cosas que no podía cambiar y, sobre todo, que no puedo tener el control del mundo.

Busqué a Mariana para pedirle disculpas, para comenzar todo de nuevo, pues sentía que la novela de nuestra vida había tenido un final inconcluso, tanta magia e ilusión de aquel primer encuentro no podía terminar del modo aquel.

No fue fácil encontrarla, pues no había borrado su número y nunca me la topaba por el vecindario, de modo que hice exactamente lo mismo que había hecho para conocerla, me senté en las escaleras de la entrada del edificio esperando a que ella legara, solo que esta vez tardo mucho más que aquella primera vez, pero finalmente llego, eran como eso de las 11:45 pm, luego de estar sentado en esa escalera desde las 11:00 am, ella llego, mis ojos comenzaron a brillar, y al verla sentí aquellas mariposas en el estómago de las que todo el mundo habla, pero yo nunca había sentido hasta que la conocí. Ella venía con la Clara tomada de la mano y unos paquetes, del supermercado quizás, la niña al verme corrió a abrazarme y me dijo que tenía mucho tiempo de no verme y me reclamo el por qué no había ido a jugar más con ella. Mariana me miró fijamente, levanta la ceja derecha como lo hizo aquella vez que nos vimos, sonríe.

—¿Me estabas esperando? —pregunta ella.

—Claro mi amor, he estado esperando por ti durante todo el día —respondo.

En ese momento le explique todo lo que me había pasado y que por fin había logrado entender que primero debía comenzar por aceptarme a mí mismo tal cual y ser feliz con ello, para luego poder ser feliz con otra persona, le pedí disculpas por todas las cosas que habían pasado, y que no quisiera perderla pues es lo que yo más quiero en esta vida y de todo corazón quisiera una nueva oportunidad. Ella se me quedo mirando como por espacio de casi un minuto, yo con los ojos aguados a punto de pedir perdón de rodillas, luego sonríe

—Claro que sí, bobo, si tú sabes que yo te quiero también —me dice.

Una cosa es que lo relate en estas páginas y otra muy diferente es que ustedes hubiesen estado allí, mi expresión facial fue de asombro, tuve una mezcla de emociones y sentimientos, no sabía si reír o llorar, pero de la felicidad, en ese momento, la abrace tan fuerte y la bese que sentí las ganas de no despegarme nunca más de ella. Pasamos a su departamento y luego de acostar a Clara en su cama, nos fuimos a su habitación, mientras nos besábamos muy apasionadamente, nos fuimos quitando la ropa muy despacio hasta caer en la cama e hicimos el amor, les puedo decir que sexo sin amor había tenido muchas veces, pero era la primera vez que experimentaba el sexo, el placer del deseo, con amor al mismo tiempo. Porque en lo personal, si me ponen a escoger entre sexo sin amor y amor sin sexo, escojo la segunda opción.

A la mañana siguiente, luego de haber pasado la noche con la mujer que más amo en esta vida, me levanto y camino hacia el baño, me miro al espejo y veo aquel rostro juvenil, y es que yo nunca tuve cuarenta años, apenas tengo veintisiete años pero vivía una vida que no me pertenecía, todo era mental, y Mariana es incluso mayor que yo, ella tiene treinta y cuatro años, pero se preguntaran ahora si la diferencia de edades es un obstáculo para la relación, pues les digo que desde luego que no, para el amor ni hay edades, y eso es tan solo un número, la edad va en relación a como uno se sienta, pues mírenme a mí que con veintisiete años vivía con los problemas de un hombre de mediana edad. Para Mariana la diferencia de edades tampoco es un problema, pues si bien es cierto, la edad es importante para ella, lo es mucho más, el tipo de crianza y los valores de la persona.

De modo que comenzamos los preparativos de la boda y al cabo de seis meses nos casamos en la iglesia, fue una ceremonia muy hermosa, mis hermanos y sus familias estuvieron allí, me dolió un poco que mis padres no pudiesen estar en el momento más feliz de mi vida, pero sé que desde el cielo me están viendo y sienten orgullosos de mí. Tuvimos una luna de miel en Italia, y luego que regresamos al país, compramos una casa en las afueras de la ciudad, allí es donde vivimos, con Clara y Rafael, nuestros hijos. Mi historia tuvo un final feliz, pero fue gracias a una segunda oportunidad que me dio la vida, hay veces que las oportunidades solo se dan una vez en la vida, y si las desaprovechas, te sentirás mal el resto de tu vida, en mi caso, tuve la bendición de una segunda oportunidad, todos merecemos una, por muchas cosas buenas o malas que hayas hecho en el pasado, si tu arrepentimiento es sincero, porque no darte una segunda oportunidad.

Existe un tiempo para todo en la vida, un tiempo para soñar, para trabajar, para parrandear con amigos, para estudiar, para aprender, para comer, para dormir, y por supuesto para amar, pero nunca en la vida enfoques todo tu tiempo en una o varias cosas y descuides tu tiempo para amar, pues él podría llegar un momento de la vida en que te arrepientas de no haberte dado el tiempo justo para amar.

Un cielo sin sol, un cuerpo sin corazón

Jorge Morales – Franceschi

Jimena llora desconsoladamente junto a la cama de su hermano Javier, esperando a ver si el tratamiento que le están aplicando pueda salvarle la vida a este pequeño de seis años. Ella toma su mano, mientras reza por la salud de su hermano, luego lo abraza tan fuerte, como si fuera la última vez que lo volvería a ver, Javier se encuentra en un coma inducido a causa del tratamiento. El cuarto del hospital en las afueras de Kiev (Ucrania), es donde se encuentran, afuera un cielo completamente nublado, el suelo está lleno de hojas caídas de los árboles, una tarde fría, indicio de la próxima llegada del invierno, el hospital lucia tétrico y lúgubre. Los médicos no dan muchas esperanzas, pero Jimena tiene fe en Dios, que su pequeño hermano se recuperara.

Jimena tiene veintidós años y su pequeño hermano seis años, ellos son hijos del matrimonio conformado por Estela y Ricardo Fuentes. Eran una familia muy feliz, pues Estela y Ricardo se amaban inmensamente, ellos (Estela y Ricardo) se conocieron en la secundaria. La química entre ellos fue casi instantánea, y comenzaron a salir juntos. Ambos fueron a la misma universidad y la relación siguió. A pesar de estar en carreras diferentes, pues ella estudiaba licenciatura en logística y transporte multimodal y el, ingeniería electromecánica, eso no era impedimento para seguir viéndose, pues ambos sabían que pasarían el resto de la vida juntos.

Pasaron los años y ambos se graduaron de la universidad y empezaron a trabajar, con el objetivo de ahorrar, tener su propia casa y formar un hogar, fue así como al cabo de unos años, lo lograron, se casaron y formaron un hogar. Su casa era muy bonita, de un color pastel, ventanas francesas en color blanco, el césped del patio estaba impecable y tenían un columpio afuera. Su primera hija, Jimena era una niña

72

muy dulce y tierna, ojos verdes y piel blanca, sus cabellos eran amarillos como el sol de verano.

Fue pasando el tiempo y la feliz familia recibe la emocionante noticia que un nuevo miembro estaba en camino, luego de dieciséis años, Estela y Ricardo esperaban su segundo hijo, la alegría invadió inmediatamente el hogar, Jimena estaba emocionada por la llegada de su hermanito, pues como era hija única, siempre había deseado con todas sus fuerzas tener un hermanito.

Debido a que Estela ya estaba entrando a la mediana edad, el embarazo fue de alto riesgo, fueron muchos los cuidos que tuvieron Ricardo y Jimena para que a Estela no le pasara nada y su embarazo llegara a feliz término. Y fue así como una tarde soleada, la brisa acariciaba los árboles, un cielo azul alegraba el día, Estela dio a luz al pequeño Javier.

Estela y Ricardo estaba muy felices por la llegada de su nuevo bebe, decidieron hacer una gran fiesta para celebrar tal acontecimiento, Jimena estaba también muy feliz, pues a pesar de que estaba en plena adolescencia (etapa algo difícil para los jóvenes), su sueño desde pequeña al fin se veía realizado, tenía a su pequeño hermano.

Jimena era muy responsable y amorosa con el pequeño Javier, siempre le gustaba pasar mucho tiempo con él, mientras su mamá y su papá trabajaban para que a ambos no les hiciera falta nada.

Al cabo de unos tres años, Estela acude al médico para una revisión que en teoría debió ser de rutina, sin embargo, ella tenía desde hace varios meses notando un bulto extraño en su seno izquierdo. Su médico al revisarla ordena exámenes para descartar cualquier anomalía. Desafortunadamente, Estela es diagnosticada con cáncer de seno. El médico ordeno que el seno fuese extirpado. Luego de aquella dolorosa cirugía, y pese a las intensas quimioterapias que le realizaban a Estela, el cáncer estaba muy avanzado, y se había extendido a otras partes del cuerpo, fue entonces cuando Estela comprendió que iba a morir, por muchos meses ella se aferró a la vida, bajo muchísimo de peso y su aspecto cambio demasiado debido a la quimioterapia, pero aun así, ella nunca perdió la fe y la esperanza de algún día recuperarse, conto con el apoyo de su esposo, el cual la amaba entrañablemente, el de sus hijos, Jimena y Javier, y algunos amigos cercanos a la familia.

Luego de casi un año, Estela fallece de cáncer.

La tristeza y la desolación invadió el hogar, el pequeño Javier preguntaba por su mamá todos los días, sin embargo, Ricardo y Jimena no tenían corazón para decirle que su madre había fallecido, ellos trataron de explicarle que su mamá estaba en el cielo con Dios y que desde allá lo iba a cuidar y a querer como siempre lo hizo cuando estaba con ellos, el niño preguntaba cuándo iba a volver del cielo, Jimena simplemente rompió a llorar y abrazo a su hermano.

—Mamá no va a volver, pero ella este donde este siempre te va a querer, y lo más importante, no hay que olvidarse de mamá, pues las personas solo mueren cuando las olvidamos por completo, si mamá está viva en tu corazón, aunque ella ya no esté físicamente con nosotros, ella siempre estará allí contigo —le dice Jimena.

La familia apenas trata de sobreponerse a la tragedia que los aquejaba en el momento, pero lo que no se imaginaban es que pronto el dolor tocaría a su puerta nuevamente.

Ricardo trabajaba como ingeniero electromecánico en una fábrica en las afueras de la ciudad, era muy querido y apreciado por todos en su trabajo, pues siempre demostró gran calidad humana y un gran sentido de responsabilidad. Todos en la fábrica se mostraron solidarios y le brindaron su apoyo a Ricardo durante los difíciles primeros meses, luego de la partida de su esposa.

En cierta ocasión, Ricardo se encontraba supervisando las reparaciones de una de las maquinas que aquella fabrica, la negligencia de uno de los colaboradores, ocasiono una terrible explosión en esa área de la fábrica resultando gravemente heridos Ricardo y otros colaboradores que allí se encontraban. Jimena estaba en casa, acabada de llegar de la escuela, para ese entonces ella cursaba su último año de bachiller, cuando entonces suena el teléfono, ella revisa el identificador de llamadas, pues generalmente si es un número desconocido y no hay nadie en casa prefiere no contestar, ella se percata que es el número de teléfono de la fábrica donde labora su papá.

—Buenas tardes, ¿en qué le puedo ayudar? —contesta Jimena con una voz muy afable.

—Buenas tardes Jimena, ¿cómo estás?, no sé si me recuerdes, soy Augusto Robles, trabajo en la fábrica con tu papá"

—Oh claro, si señor Augusto, estoy bien gracias a Dios.

—Jimena, lo que tengo que contarte es delicado"

—¿Qué ha pasado? —pregunta Jimena con voz muy preocupada.

—Es sobre tu padre, ha sufrido un accidente en la fábrica y se encuentra terriblemente herido en el hospital.

Jimena, no puede creer lo que está escuchando, parece haber quedado en estado de shock luego de escuchar las palabras de Augusto, ella deja caer el teléfono, toma su cartera y sale corriendo a la escuela de Javier a recogerlo. Javier le pregunta a su hermana que ha pasado, y ella no articula palabra alguna, el niño comienza a impacientarse al no obtener respuesta, a lo que Jimena le dice que van para el hospital y que por favor se tranquilice.

En el hospital, Jimena exige hablar con el médico a cargo de su padre y conocer su estado de salud.

—¿Es usted Jimena Fuentes, la hija de Augusto Fuentes?" —Pregunta un médico de aspecto bastante corpulento, alto, ojos azules y cabello completamente blanco.

—Sí, soy yo, ¿cómo se encuentra mi padre? —responde Jimena con voz casi quebrantada y sus ojos llorosos.

—Su padre fue ingresado al hospital con quemaduras de segundo y tercer grado producto de la explosión que se suscitó en la fábrica, desafortunadamente, no hubo nada que pudiéramos hacer para salvar a su padre, lo lamento mucho.

Jimena, visiblemente afectada por la noticia, siento como aquel dolor que había experimentado cuando su madre falleció, estaba volviendo a su corazón, ya que se había quedado completamente sola en el mundo.

Sin embargo, ella voltea hacia los asientos que se encuentran al fondo de la sala de espera y ve a su pequeño hermano, es allí donde se da cuenta que es necesario superar este trago amargo que la vida le está dando, luchar y salir adelante, pues Javier la necesita ahora más que nunca que sus padres ya no estarán.

Fueron muy pocas personas al entierro de Ricardo, Jimena solo quiso que fuesen familiares y algunos amigos íntimos, todos mostraron su afecto y sinceras condolencias por la pérdida de su padre.

Jimena ya ingresada en la universidad, consiguió un trabajo para poder sufragar los gastos del hogar, así como los de su hermano, si bien no eran adinerados, al menos no les hacía falta nada, pues sus padres les habían dejado el dinero que tenían ahorrado en el banco para cualquier eventualidad.

Debido al estudio y a su trabajo, Jimena no tenía tiempo para pensar en amoríos, a pesar de ser una muchacha muy linda y de buen corazón, sabía que su prioridad era sacar a su hermano adelante, pretendientes no le faltaban, algunos buenos y otros digamos que no tan buenos, todos eran rechazados por ella, simplemente, la pérdida de sus padres, había afectado mucho su estado emocional y sentimental, por lo que se enfocó por completo en sus estudios como publicista y en cuidar a su hermano. Ella había conseguido trabajo como asistente en una agencia publicitaria muy prestigiosa, poco a poco se fue ganando la confianza, el respeto y el cariño de todos los que allí laboraban, pues ella era una persona muy dedicada en su trabajo.

Paso el tiempo y Jimena estaba a punto de terminar su carrera como publicista, es entonces cuando su jefe la llama a su oficina para conversar sobre su futuro dentro de la agencia. Su jefe, de nombre Joaquín Serrano – Vallejo, era un hombre entrado en años, de carácter bastante fuerte, pero de buen corazón, más aún porque supo de la historia de los padres de Jimena y le tomó cierto afecto.

—Tengo entendido que estas por terminar tu carrera en la universidad —le dice su jefe con una voz un tanto aguda y algo difícil de comprender en primera instancia.

—Así es, estoy por terminarla —contesta Jimena con la voz dulce y tierna que siempre la ha caracterizado.

—Bueno, esta es la situación, Alonso, que es uno de los mejores publicistas de la agencia está por retirarse del mundo de la publicidad para dedicarse a su faceta como escritor, de modo que eso deja un puesto vacante, si estas interesada, el puesto es tuyo, pues sé que has trabajado muy duro durante el tiempo que has pasado aquí, tienes muy buenas referencias por parte de tus compañeros de trabajo, además sé que será una gran oportunidad para ti, desarrollar todos tus conocimientos, habilidades y demás .

—Gracias por la por la oportunidad que me está brindando señor Joaquín, le prometo que no lo defraudare —responde Jimena muy emocionada ante el ascenso que le han dado.

—Yo sé que no lo harás Jimena, siempre recuerda, las cosas buenas llegan siempre a aquellas personas que son justas, de bueno corazón y que actúan de manera desinteresada, siempre ten eso en cuenta, cuida todo aquello en lo que crees y lo que representas, nunca pierdas tu esencia, nunca olvides quien eres, de dónde vienes y hacia dónde vas, esa es la clave del éxito, sobre todo, sé humilde, lucha por tus sueños, tus metas, no permitas que nadie te diga que no puedes hacer algo, solo tú conoces tus limitaciones, y solo tú sabrás como superarlas en el momentos oportuno o inclusive sacar provecho de ellas.

Luego de aquellas palabras del señor Joaquín, Jimena se fue muy emocionada de la oficina.

Ya en casa, ella prepara la cena para su hermano, es miércoles de macarrones con pollo, la comida favorita del pequeño. Jimena le dice a Javier que vaya a lavarse las manos pues la cena está casi lista, él va rápidamente al lavado que se encuentra en el baño. Cuando viene de regreso a sentarse a la mesa, Jimena nota algo extraño en el brazo de Javier, como una especie de moretón.

—¿Que te ha ocurrido en el brazo? —pregunta Jimena con un tono de preocupación.

—Nada —responde Javier.

—¿Alguien te ha golpeado en el colegio? ¿Por qué tienes ese moretón?"

—No, nadie me ha golpeado. Ese moretón salió solo". - Responde el niño con una inocente voz.

—Bueno, habrá que llevarte al médico para ver de qué se trata. Quizás no sea nada grave, pero es mejor estar seguros —le dice Jimena a Javier.

Pasada la cena, ambos se van a la cama. Luego de un largo e intenso día.

A la mañana siguiente, Jimena llama al pediatra de Javier para acordar una cita, pues aún seguía preocupada por aquel moretón que observo la noche anterior en su brazo.

En el consultorio, Javier es examinado por el pediatra, el doctor Raúl Gutiérrez. Una serie de exámenes de laboratorio son ordenados por el doctor con el objetivo de averiguar que podría estar causando esos moretones. El doctor le dice a Jimena que en un par de días tendrán los resultados de dichos análisis.

Jimena mientras tanto no puede dejar de pensar en que mal podría estar aquejando a Javier, ella se encuentra pensativa y cabizbaja, tratando de descifrar porque tantas cosas malas le han pasado a su familia, por más que piensa, no logra comprender el porqué de la muerte de su madre, luego su padre y ahora ante la posibilidad que su hermano pequeño este enfermo, simplemente es demasiado con que lidiar. Y es que las cosas no eran fáciles para ella ni para su hermano, pues en la escuela Javier era motivo de burlas y bromas pesadas por parte sus compañeros, debido a que sus padres habían fallecido y solo tenía a su hermana mayor, constantemente los niños le decían a Javier cosas crueles, muchas veces esas situaciones son llevaderas cuando se es adolescente o adulto, pero cuando se es un niño tan pequeño como Javier, suele ser bastante difícil de tratar.

De vuelta en la agencia, Jimena se prepara para estrenar su nueva oficina, mucho más grande que aquel pequeño cubículo de asistente que solía tener, e incluso ahora Jimena tendría su propia asistente, su sueño hecho realidad, aunque seguía un tanto preocupada por lo de Javier, estaba muy emocionada con su ascenso, de modo que organizó una pequeña reunión en su casa con algunos amigos íntimos para celebrar. Ella no tenía muchos amigos, pero los pocos que tenía eran de buenos sentimientos y siempre habían estado con ella en momentos difíciles.

Uno de esos pocos amigos es Armando, un muchacho honesto y trabajador, vive modestamente y sin ostentación a pesar de que su familia ha acumulado un capital considerable. Él siempre ha tratado de conquistar el amor de Jimena, sin embargo, los problemas que han aquejado a esta muchacha, nunca le han dado oportunidad para ver que el amor tocaba a su puerta, solo que quizás no lo suficientemente fuerte como para que ella fuese capaz de escucharlo.

Armando por temor al rechazo, prefería amarla en silencio.

Durante la reunión Jimena tuvo la oportunidad de compartir con sus amigos, pues tenía mucho tiempo que no los veía, además, ahora con su ascenso estaría aún más ocupada como para tener vida social, ahora más que nunca debe trabajar y esforzarse.

Pasada ya las diez de la noche, los amigos de Jimena se retiran y esta se va a dormir, pues debe levantarse temprano para trabajar y posteriormente ir al hospital a ver los resultados de los exámenes de Javier.

Al día siguiente, luego que Jimena sale del trabajo, pasa a recoger a Javier a la escuela y se dirigen al hospital, Jimena luce un tanto pensativa y nerviosa, a pesar de ser una muchacha muy optimista y positiva, tiene como un mal presentimiento, en su corazón siente que algo no anda bien; pues tiene la misma sensación que experimentó pocas horas antes del accidente que le quito la vida a su padre.

Llegado al consultorio Jimena conversa con el doctor.

—Jimena debo decirte que estoy muy preocupado por Javier". -dice el doctor Gutiérrez.

—¿Qué es lo que pasa doctor, que tiene mi hermano?". –Responde Jimena con una voz entrecortada y al borde de la desesperación.

—Veraz, los exámenes practicados a Javier revelaron que Javier tiene un extraño tipo de leucemia, es poco lo que se sabe; pues aún está en fase de estudios al respecto, es por eso que estuve conversando con el doctor Contreras que es especialista en oncología a ver qué opina del caso.

—Hola Jimena, mira el caso de Javier es muy particular, un simple trasplante de medula ósea podría salvarle la vida, sin embargo, dada la edad del pequeño y lo avanzada de la enfermedad, quizás el no resistiera la operación —le explica el doctor Contreras a Jimena.

Jimena parece estar perdida, simple y sencillamente no puede creer lo que está pasando.

—¿Cuáles son las opciones de tratamiento?". - Pregunta Jimena.

—Mira, hay un tratamiento experimental en Ucrania, ellos llevan años investigando este tipo raro de leucemia, solo que no han tenido la oportunidad de probar el tratamiento con humanos, el médico que desarrolla la investigación es el doctor Oleksandr Vinográdov, pues el perdió a su pequeña hija producto de esta enfermedad, y juró frente a su tumba que no descansaría hasta encontrar una cura, precisamente para que otras personas en el mundo no tengan que sufrir lo mismo que él cuando perdió a su pequeña hija —le responde el galeno a Jimena.

Jimena luce algo perdida, un sin número de cosas pasan por su mente en el momento.

Ella luego le dice al doctor que, por favor, no le diga nada al niño sobre la gravedad del asunto.

Jimena luego llama a su mejor amiga Susana para contarle lo sucedido.

—¿Y qué vas a hacer amiga? —le pregunta Susana a Jimena muy consternada por la situación.

—Aún no se Susana, quisiera llevar a Javier a ucrania para probar ese nuevo tratamiento, pero el médico también me estuvo comentando que no hay certeza que vaya a funcionar, además el viaje sería algo costoso, aunque tengo unos ahorros, no sé si serán suficientes —dice Jimena.

—Pero puedes pedirle ayuda a Armando, tiene mucho dinero y tú sabes que él siempre ha estado enamorado de ti, seguro no te diría que no.

—Si, lo sé, pero es precisamente por eso que no quiero pedirle dinero, yo no siento nada por él, solo lo puedo ver como un amigo más, y al aceptar ese dinero tal vez estaría dándole falsas esperanzas —responde Jimena con un todo de voz casi entrecortado y la preocupación por su pequeño hermano embriagándola por completo.

Jimena se encuentra en una encrucijada en este momento, quiere salvar a su hermano, pero tampoco quiere darle falsas esperanzas a Armando, además tiene la preocupación que quizás el tratamiento no funcione y su hermano muera, tal como murieron sus padres, Jimena siente que la vida se ha ensañado con ella, pues cada vez que todo parece felicidad y alegría, alguna tragedia ocurre y vuelve todo en su contra.

Al día siguiente, una mañana calurosa de sábado, un sol radiante en el cielo y unas nubes completamente despejadas; alguien toca a la puerta de la casa de Jimena, tanto ella como su hermano aún se encuentran dormidos, sin embargo, prontamente el sueño de Jimena se ve interrumpido ante los fuertes golpes contra la puerta, del mismo modo que el timbre.

— ¿Quién podrá ser a estas horas de la mañana? — se pregunta Jimena así misma mientras baja las escaleras.

Prontamente se aproxima a la puerta para ver de quien se trata.

— Buenos días Jimena, ¿cómo estás? — le responde el extraño hombre el cual ella no logra reconocer.

— Buenos días, estoy bien, dígame señor, ¿en qué puedo ayudarle? — dice Jimena.

— Estoy aquí porque hay alguien que desea conversar con usted, se encuentra en el auto.

Jimena se asoma y hay un lujoso automóvil estacionado frente a la casa, ella no tiene ni la más remota idea de quién podría ser.

Ella se va acercando a paso firme hacia el automóvil, justo cuando esta frente a la ventana del pasajero de atrás, esta se baja, se trata de nada más y nada menos que el jefe de Jimena, el señor Joaquín.

—Buenos días Jimena —le dice el señor Joaquín a Jimena mientras sonríe afablemente.

—Buenos Días, señor Joaquín, ¿qué hace usted aquí?, no lo esperaba la verdad —responde Jimena bastante sorprendida.

—Quise venir a traerte algo, disculpa que no me baje del automóvil; estoy contra el tiempo, pues viajo hacia una convención en Nueva York".

Él le entrega un sobre al Jimena, ella rápidamente lo abre y adentro del mismo; un cheque por trescientos mil dólares.

—¿De qué se trata esto? —pregunta Jimena.

—Supe que tu hermanito está muy enfermo y que su única esperanza es un tratamiento nuevo en Ucrania, sé que eso es costoso y por eso quise ayudarlos, la verdad siento mucha pena por ti y por tu hermano; ustedes han pasado por momentos difíciles.

—Pero ¿usted como supo de la enfermedad de mi hermano? —pregunta Jimena aun anonadada por lo que está pasando.

—No importa como lo supe Jimena, lo que importa es que ahora puedes brindarle a tu hermano la posibilidad de luchar por su vida; ese dinero más lo que tienes ahorrado podrá servirte para los gastos que vienen. Míralo como un adelanto de tu salario;

ahora que tienes una nueva posición dentro de la agencia —le responde el señor Joaquín a Jimena.

Ella se aproxima a la ventana; le da las gracias y un beso en la mejilla. El chofer arranca el automóvil y se va alejando mientras Jimena entra a la casa.

Ella rápidamente llama al doctor de Javier para que haga los enlaces respectivos con el médico y el hospital en Ucrania, mientras ella llama a la aerolínea para reservar los boletos de avión e inicia a empacar maletas.

Jimena llama a su amiga para contarle la buena noticia y de paso para que la acompañe al aeropuerto y así poder despedirse mejor. Para su suerte, pudo conseguir un vuelo para el mismo día en horas de la noche.

Pasadas las horas, llego la hora de partir hacia el aeropuerto, Susana acompaña a Jimena y a Javier al aeropuerto cual lo acordado. Una vez llegado al aeropuerto, es casi la hora de abordar, Susana y Jimena se abrazan entre lágrimas, luego Susana toma al pequeño Javier, le da un beso y le dice que sea fuerte y que se mejore pronto para que pueda cuidar a su hermana.

Jimena y Javier abordan el vuelo rumbo a Ucrania.

Durante el vuelo, Javier duerme mientras Jimena lee un libro, trata de distraerse un poco pues sabe que lo que viene una vez lleguen a Ucrania será difícil. De repente, ella nota que los hematomas en el cuerpo de Javier se han propagado aún más.

Una vez llegado al aeropuerto, hay un hombre esperando por Jimena para llevarla a ella y a Javier directo al hospital.

Luego de llegar al hospital en Kiev, Javier es admitido, oportunamente; el expediente de Javier había sido envido por el doctor Gutiérrez.

Jimena esta junto a su hermano mientras la enfermera hace algunas anotaciones en la cuadricula, de repente entra un hombre muy alto, bastante corpulento, luciendo una larga bata blanca y un estetoscopio en su cuello. El chofer y traductor de Jimena le indica que ese hombre es el doctor Vinográdov.

Jimena un tanto nerviosa le dice al traductor que salude al doctor y la presente formalmente, aquel hombre saluda al doctor en ucraniano y le presenta a Jimena.

—No es necesario el traductor Jimena, estudié muchos años en España de modo que hablo tu idioma perfectamente bien". – dice el doctor Vinográdov.

—¡Oh, qué bueno!, la verdad estaba un poco nerviosa por el asunto de la barrera del idioma.

—Me lo supuse, ¿y el doctor Gutiérrez te habló de mí?"

—Algo, no mucho la verdad.

—Jimena, yo perdí a mi pequeña hija precisamente por esta enfermedad, en los años que llevo estudiándola, me he dado cuenta de que no es tan común en niños, por eso fue que quise involucrarme desde el primer momento cuando me hablaron de tu hermano —le dice el médico a Jimena.

—¿Usted cree que mi hermano pueda salvarse con este tratamiento doctor? —pregunta Jimena.

—La verdad no lo sabemos, tu hermano será el primer ser humano con el que lo probaremos; los pocos pacientes que hemos tenido no viven lo suficiente para poder llegar a aplicar el tratamiento, no te puedo prometer nada, más que haremos todo lo humanamente posible por salvarlo — reitera el galeno.

Jimena luce un tanto desconcertada, las esperanzas son bastante escasas, sin embargo; la esperanza la motiva a seguir adelante.

—Una vez tengamos los resultados de los análisis, sabremos exactamente la condición de tu hermano para posteriormente iniciar con el tratamiento —dice el doctor Vinográdov mientras le da unas instrucciones a la enfermera.

El hotel está cerca del hospital, no obstante Jimena, pese a toda sugerencia, se rehúsa por completo a alearse de su hermano; por lo que decide pasar la noche en el hospital. Las enfermeras al saber de su caso muy amablemente acomodaron una de las habitaciones disponibles cerca del cuarto de Javier para que Jimena pudiese estar cerca de su hermano.

A la mañana siguiente, Jimena es despertada bruscamente por uno de los enfermeros, él le comienza a decir muchas cosas en ucraniano, ella desde luego no entiende nada, luego se le aproxima una muchacha española, médico residente del hospital.

—¿Eres tú eres la hermana de Javier verdad?"

—Sí, soy yo, que pasa, ¿sabes que me está diciendo el enfermero? —responde Jimena.

—Lo que pasa es que tu hermano se puso mal y el doctor tuvo que adelantar la cirugía de emergencia, ven conmigo —le dice aquella muchacha.

Ellas van a toda prisa hacia el salón de operaciones, en el cual hay un vidrio transparente donde se puede apreciar todo lo que los médicos están haciendo.

Pasadas cuatro horas, sale el médico a hablar con Jimena.

—Jimena, Javier en este momento se encuentra en un coma inducido, tuvimos que adelantar la cirugía por emergencia; se puso muy grave durante la noche; ahora queda solo esperar, ya di las órdenes para que lo trasladen de la sala de recobro a un cuarto.

Javier es trasladado a un cuarto. El chofer y traductor de Jimena llega y se disculpa por haberla dejado sola.

Y es así como Jimena, junto a la cama de su hermano, llora esperando un milagro; muchos de sus amigos le mandan mensajes de aliento en momentos difíciles.

Mientras tanto, Javier sigue en un coma inducido, sin embargo, su mente esta consiente, aunque no puede moverse, solo ve todo negro; de repente una luz blanca y muy brillante se apodera de él, en un camino muy largo el alcanza a ver a su madre y a su padre, rápidamente sale corriendo hasta el lugar donde ellos se encuentran.

—Mamá, te extrañe mucho, pensé que jamás volvería a verte —le dice Javier a su mamá.

—Yo siempre he estado contigo mi amor —le responde su mamá.

—Estela, debes dejarlo ir, aún no es su tiempo —le dice Ricardo a Estela.

—Papá tiene razón Javier, aun no es tu tiempo, debes regresar para cuidar a tu hermanita, ella te necesita ahora más que nunca —le dice estela a Javier con una voz muy dulce.

—Pero mamá, yo quiero quedarme contigo y con papá —responde Javier con voz quebrantada y lágrimas en sus ojos.

—Yo sé mi pequeño, pero créeme, que siempre que nos tengas presente en tu corazón, papá y mamá estarán contigo y con Jimena, por siempre, y algún día estarnos todos juntos y seremos una familia feliz, te lo prometo" -le dice Ricardo a Javier mientras ellos se despiden.

Javier está muy triste al ver a sus padres alejarse, es entonces cuando se aparece un hombre de

103

mediana edad, estatura alta, tez mediterránea, cabellos muy largos y barba.

—Javier, es hora de regresar con tu hermana, toma mi mano y ven conmigo" – le dice aquel extraño hombre.

Ambos caminan por un sendero bastante largo, luego el hombre abre una rejilla y le dice lo siguiente:

—Jamás pierdas la esperanza Javier, no permitas que alguien te diga que no puedes hacer algo, cuida y quiere mucho a tu hermana, pues tu eres todo para ella, lucha por tus sueños y veras que a pesar de las vicisitudes que atravieses, lograras todo cuanto te propongas".

Luego de eso, el hombre deja a Javier afuera, cierra la puerta de hierro y se aleja caminando.

Increíblemente, para un niño de la edad de Javier, el entendió perfectamente lo que aquel hombre le quiso decir; todo misteriosamente se va poniendo negro otra vez, y luego de algunos segundos, Javier comienza a abrir los ojos; se encuentra en la cama del hospital en Ucrania, su hermana está a su lado y esta al ver que despertó, le da un gran abrazo y un beso.

Una de las enfermeras va corriendo a llamar al doctor Olek, le informan que Javier ha despertado, y el viene corriendo hasta el cuarto del niño.

—Hola Javier, ¿cómo te sientes? —le pregunta el médico al llegar a la habitación.

—Hola, me siento mucho mejor, aunque con un poquito de sueño, ¿y usted quién es?". – pregunta el niño aun con los efectos de la anestesia.

—Soy el doctor Oleksandr Vinográdov, pero puedes llamarme doctor Olek y estas en un hospital en Ucrania —le responde

—Oh, ya entiendo. Tengo sed doctor —dice el niño.

Olek rápidamente le dice a una de las enfermeras que traiga agua para Javier, que, desde luego, no recuerda absolutamente nada de lo que vivió mientras estaba en coma. El doctor también ordena realizarle nuevos exámenes a Javier para conocer su condición de salud luego de la cirugía.

Pasados algunos días, Javier parece responder satisfactoriamente al tratamiento. El doctor se aproxima a conversar con Jimena.

—He recibido los resultados de los análisis practicados a Javier y tengo algo que decirte —le dice el doctor Olek a Jimena con un tono de preocupación

—Dígame doctor —dice Jimena.

—Javier está completamente curado, mañana le voy a dar de alta y podrán viajar de regreso a su país, la cirugía y el tratamiento han sido todo un éxito, no tienes idea de el gran avance científico que hemos alcanzado gracias a tu hermano; serán muchas las vidas que podremos salvar —le dice el doctor a Jimena mientras sonríe afablemente.

Al escuchar esas palabras, es como si el alma le hubiese regresado el cuerpo a Jimena, siente una inmensa paz y tranquilidad, al saber que su hermano se encuentra fuera de peligro.

—Gracias al cielo que todo está bien, y gracias a usted por haberle salvado la vida doctor, Javier es todo lo que tengo, ya perdí a mis padres, si lo hubiese perdido a él, no sé qué hubiera hecho, tal vez me habría vuelto loca, usted no sabe lo mucho que significa para mí —le dice Jimena al doctor mientras le da un fuerte abrazo.

Luego que dieron de alta a Javier, él y Jimena viajaron de regreso a su país. Pasaron los años y ambos hermanos fueron siempre muy unidos, a pesar de que cada uno tenía su familia y sus obligaciones, siempre tenían tiempo el uno para el otro.

Jorge Morales – Franceschi

SINEMOTUS

Jorge Morales – Franceschi

El reloj despertador marca las 6:45 am, me levanto muy emocionado pues es un día nuevo, solo que específicamente a los diez segundos de estar despierto, recuerdo lo que paso un día como hoy, pero hace exactamente seis meses, mi novia, el gran amor de mi vida, después de casi cuatro años de conocernos y dos años de estar juntos, decide terminar conmigo. Las razones fueron diversas, pero la que más vueltas da en mi mente fue que ambos buscamos diferentes cosas, pues mientras yo busco una relación formal y estable, con el fin de formar una familia y demás, ella solo busca pasar el rato. Otra más para lista de desilusiones amorosas en mi vida, no me ha ido bien en ese departamento, no tengo suerte en el amor, supongo que no es posible tener todo en la vida. Soy ingeniero civil en una de las constructoras más importantes del país, la constructora para la que trabajo ha desarrollado los proyectos de viviendas más importantes de la ciudad, sobre todo los llamados "megabuildings" que son grandes estructuras, soluciones habitacionales a bajos precios que ideo el gobierno, pues la crisis inmobiliaria se agudizó con el pasar de los años, todos los ciudadanos de hoy (año 2281) viven en apartamentos, unos más pequeños que otros, dependiendo de los ingresos familiares, esto debido a que no hay terrenos para la construcción de barriadas y las pocas casas que hay son únicamente para las personas de un estatus social muy elevado o para altos funcionarios del gobierno. Recuerdo una vez, cuando estaba en la universidad, el profesor de planeamiento y urbanismo nos comentó que una vez, hace mucho tiempo, las personas eran libres de elegir donde vivir y era fácil conseguir casas a bajos costos, pero que, debido a la inflación, la especulación por parte de los empresarios que controlaban el rubro de la construcción en aquel tiempo, las cosas terminaron como estamos hoy día. A veces pienso que sería bonito poder elegir donde vivir. La ciudad está dividida en sectores, el primero es el llamado "High Coast Towers", el cual está situado en el centro de la ciudad y es únicamente para la gente más rica de la ciudad y los altos funcionarios del gobierno, luego esta "Middle Coast towers" que es el lugar donde yo vivo, fue construido para los trabajadores y/o ejecutivos de las empresas constructoras, solo hay dos edificios en esta zona, y la gran mayoría es ocupado por turistas y personas que vienen al país por cierta temporada a trabajar y luego se van, esto ya que según el gobierno, la alta tasa de inmigrante en el país también contribuyo a la crisis inmobiliaria, la escases de productos básicos para el consumo y los altos índices de desempleo que tuvimos alguna vez.

Soy de las pocas personas que residen aquí de forma permanente, vivo en el último piso de la torre A, el que solía llamarse "penthouse" pero ahora se conoce como "highapart". Podría decirse que formo parte de lo que antes se conocía como "clase media", la cual según unos libros que leí, desapareció hace casi cien años. Por último, está "Low River Coast", esta es la sección más densamente poblada de la ciudad, hay cerca de trescientos "megabuildings" que albergan a más de cinco millones de personas, los apartamentos son de cincuenta y cuatro a setenta metros cuadrados y si no estuvieran subsidiados por el gobierno, tendrían un costo aproximado de entre nueve a doce millones de dólares y un alquiler mensual entre doce a quince mil dólares mensuales. Vivimos en democracia, sin embargo, el mismo partido político lleva ciento veinticinco años en el poder, las caras cambian, pero la filosofía de gobierno es la misma. Las calles de la ciudad están impecables, aquel que tuviese la osadía de tirar basura, es golpeado, arrestado y posteriormente multado por los cybercops, una especie de policías humanos, pero genéticamente alterados con tecnología robótica y fueron inducidos para combatir la delincuencia, ya que con policías humanos teníamos altos niveles de criminalidad y corrupción.

Me voy alistando para ir a trabajar, sobre la cómoda, una foto de ella me recuerda cuan vacía y miserable se ha vuelto mi vida desde que ella no está, aun no tengo idea de por qué guardo esa foto, todo lo demás que había en el apartamento, ella se lo llevo, a veces pienso que dejó esa foto intencionalmente para que la recordara, pues ella sabe muy bien que jamás sería capaz de deshacerme de esa foto. Ella, Carmen Cecilia, es de estatura baja, cabello rubio, ojos cafés, piel blanca como la nieve en invierno, y si, nieve en un país tropical, esto se debe según los científicos al calentamiento global y al deterioro de la capa de ozono que inicio hace unos doscientos años.

A ella la conocí en la universidad, mientras terminaba mi maestría en diseño estructural, era la chica más inteligente y hermosa, tenía muchos pretendientes, pero ella no le hacía caso a ninguno, siempre enfocada en sus estudios, pues desde muy joven se había trazado metas claras en la vida, eso fue una de las principales cosas que me fue enamorando de ella poco a poco, siempre pensando en el futuro, con la mente tan centrada, muy diferente a la gran mayoría de las mujeres de hoy en día.

Me dispongo a salir al trabajo, naturalmente las ganas de ir a trabajar y convivir con la gente son muy pocas, la depresión embarga lo más profundo de mi ser, mis sonrisas son demasiado falsas, sin embargo, quedarme en casa tampoco es una opción, ya que, con el objetivo de evitar ciudadanos improductivos, crearon la llamada "oficina contra la vagancia", la cual se encarga de verificar que todos los ciudadanos estén estudiando, trabajando o haciendo ambas cosas a la vez. Si un ciudadano es detectado por esta oficina y se determina que no está estudiando ni trabajando, automáticamente es reclutado para trabajos (forzados) en alguna entidad gubernamental con un salario, que, a duras penas, alcanza para vivir.

Miro al cielo, mientras espero el transbale, los agujeros color turquesa se ven un poco más intensos de lo normal, en verano toda la ciudad es recubierta con una especia de vidrio para regular los rayos del sol, ya que el deterioro de la capa de ozono hace que los rayos del sol lleguen con más intensidad. Una exposición al sol por más de cinco minutos podría ser fatal para un humano. En Europa ni siquiera se puede salir a la calle sin protector solar, en ninguna época del año.

El transbale llega, está casi vacío como siempre, el transbale es una especia de tren bala que vino a reemplazar el metro (subway) que había quedado obsoleto. Recorre largas distancias en tan solo unos cuantos segundos. Mi oficina queda a prácticamente

3 horas de distancia de mi casa en automóvil, en transbale solo tardo un minuto y cuarenta y cinco segundos en llegar. Por lo que los automóviles son utilizados solamente para distancias cortas. El transporte público de la ciudad es uno de los más eficientes del planeta, resulta difícil de pensar siquiera que erase una vez hace mucho tiempo este era uno de los más grandes problemas del país.

En el trabajo, llego y me siento a terminar algunos asuntos pendientes, me corresponde inspeccionar unos planos para la demolición de un antiguo edificio en las afueras de la ciudad y próxima construcción de un nuevo centro comercial, es como si mi mente estuviese en la oficina, pero mi mente se encuentra lejos, aun pensando en ella, aun sabiendo que ella conoció a otro hombre y se va a casar muy pronto, es algo que resulta difícil de superar, el tiempo invertido para nada. Por eso siempre es bueno apreciar a aquella persona que te dedica su tiempo, pues está regalándote algo que jamás podrá recuperar.

Pensé en un momento dado, que la depresión por un amor se acababa cuando comienzas a tener relaciones sexuales con otra mujer, fue precisamente lo que hice, tratando de olvidar a Carmen Cecilia, salí con un sin número de mujeres, acudí a diversos prostíbulos de la ciudad, en busca del placer, sin embargo, cuando acababa, me sentía vacío, solo, pues aun la amaba con todas mis fuerzas, con muchas mujeres me acosté, a todas las llamaba "Carmen Cecilia", mas no encontré ninguna como ella, aun cuando las mujeres con las que estaba eran mucho más hermosas que ella, muchas fueron mejores amantes de lo que alguna vez fue ella, sin embargo, mi amor por ella me impedía disfrutar a plenitud de los placeres de la carne.

La prostitución al igual que la venta y distribución de sustancias psicotrópicas (marihuana, crack, LSD, etc.…) son controlados por el gobierno en un cuarenta y nueve por ciento. Una manera fácil y práctica de obtener altos ingresos. Solía ser un crimen dedicarse a esos negocios, y era algo muy lucrativo, pero luego que el gobierno lo volvió legal, dejo de ser algo lucrativo. Los impuestos son demasiado elevados.

Viaje por muchas ciudades de América, Europa y Asia, conocí gente nueva, en busca de olvidar lo que había pasado, y la pase bien, sin embargo, al regresar a casa todo volvía a la normalidad, a la soledad y a la tristeza de aquel amor que se me fue, ahogue mis penas en el tabaco y el alcohol, de nada sirvió, pues no hay suficiente alcohol en el mundo para ayudarme a olvidar lo que siento.

En las sesiones con la psicóloga, hablamos prácticamente de lo mismo una y otra vez, es de las pocas personas que me escucha y no me critica o me juzga, simplemente porque le estoy pagando para que no lo haga. Tenía otro psicólogo anteriormente, pero simplemente se rindió y me refirió donde esta doctora al ver que mi caso de depresión era severo.

Yo estoy como todas las sesiones, hablando de Carmen Cecilia, sobre lo mucho que la extraño y la amo, las cosas que compartimos juntos, cuando la doctora Sarmiento me interrumpe abruptamente.

"Jonathan, has dicho lo mismo una y otra vez durante los últimos tres meses, luego de una evaluación, no hemos percibido avance alguno" – me dice la doctora con una voz bastante trágica.

—Es tan difícil superar el trago amargo doctora, las ilusiones, tantos sueños, tantos planes que tenía, y ahora se ha ido".

—Ya sé lo que necesitas, lo pensé bastante, pero dada la gravedad de tu caso, creo que sería lo mejor para ti". - responde la doctora con una voz firme y decidida.

—¿De qué se trata? —le pregunto.

—Se trata de SINEMOTUS. No sé si alguna vez habrás oído hablar de ese lugar y del tratamiento que le aplican a pacientes en tu condición.

—Si, he escuchado de ese sitio.

—Bueno, he decidido referirte allá, para que te apliquen el tratamiento contra la depresión, ya verás que pronto te sentirás mucho mejor —dice la doctora mientras prepara la nota de referencia.

SINEMOTUS, es un sitio bastante peculiar, una clínica donde tratan casos severos de depresión, el encargado de la clínica y principal desarrollador del tratamiento es el doctor Aníbal Candando, toda una inminencia en neurología y psicología, algunos dicen que tiene pacto con el diablo o simplemente descubrió la fuente de la eterna juventud, pues tiene ciento cinco años y luce como si tuviese treinta y cinco. La medicina está muy avanzada y la expectativa de vida ha aumentado considerablemente con relación a hace doscientos años atrás; pero este señor es la excepción a cualquier regla. Descubrió hace unos años que existe una parte de cerebro especifica que se encarga de las emociones tales como el amor, la tristeza, el odio y desarrollo un aparato que se adhiere a esa parte del cerebro. El aparato lo que hace es reprimir esas emociones, de modo que la persona es completamente incapaz de sentir tristeza o depresión de algún tipo, pero tampoco será capaz de sentir alegría o incluso amor. Este tratamiento generó mucha polémica cuando recién salió, pues muchos segmentos de la sociedad lo consideraban antinatural, pues el ser humano per se está hecho para sentir emociones y reprimirlas simplemente no era algo que las personas conservadoras consideren algo "normal". La clínica operaba de manera clandestina, pues muchas personas con problemas recurrían allí, el tratamiento es bastante costoso, de modo que las ganancias eran muy buenas, el gobierno al darse cuenta de la situación, busco la manera de legalizar el tratamiento, con el objetivo de cobrar impuestos por las operaciones que se realizan en dicho sitio.

Fue así como SINEMOTUS se convirtió en la prestigiosa clínica que es hoy día, con un tratamiento que ha ayudado a muchas personas a nivel mundial a superar los problemas de depresión.

Luego de la sesión con la psicóloga, ella me da la nota de referencia, yo salgo del consultorio, por un pasillo largo, las paredes son blancas y hay muchos cuadros de pinturas extrañas, un tanto irónico de mi parte notar eso hoy, ya que en todo el tiempo que había estado visitando su consultorio, jamás los había notado hasta el día de hoy. Algo pensativo, aún sigo, por la conversación acerca de SINEMOTUS. La doctora dice que es lo mejor para mí, y por más que lo pienso, quizás ella tenga razón. Ya no estaré más deprimido por Carmen Cecilia ni por ninguna otra mujer que me rompa el corazón. Pero también estaría privándome de la posibilidad de rehacer mi vida, de volver a enamorarme y formar una familia.

Estoy muy confundido y no sé qué hacer.

Llego a casa y converso por videoconferencia con mis dos mejores amigos, Laura y Camilo. Laura es una gran amiga que conozco desde hace muchos años, siempre ha estado para mí en los momentos

125

más difíciles, tuvimos una historia romántica en el pasado que desafortunadamente no funciono, ella ocupa un lugar muy especial en mi corazón, mas no pasa un día sin que me pregunte qué hubiese pasado si lo nuestro hubiese funcionado.

Les comento a ambos sobre la conversación que tuve con la doctora.

—Bueno Jonathan, es una decisión algo drástica, ¿en verdad crees que suprimiendo por completo las emociones sea el camino para salir de todo esto? Tal vez sería mejor dejar de pensar tanto en ese asunto, digo, llevas meses deprimido por esa mujer que ahora se va a casar, es más que obvio, jamás te quiso y nunca te va a querer, debes dejar eso atrás y seguir delante de una vez por todas —dice Camilo, bastante preocupado por la situación.

—Desde luego que no está seguro de lo que hace, solo está buscando el camino más fácil para dejar todo, en vez de afrontar los problemas, buscas la manera de huir de ellos, no siempre puedes huir fácilmente a los problemas, te rompieron el corazón, la maldita mujer eso te dejo, ni modo, no puedes hacer nada —responde Laura con un tono bastante enérgico.

—Yo lo único que sé es que estoy cansado de sentirme mal todos los días, ¿tienen ustedes alguna idea de lo difícil que es para mí levantarme en las mañanas e ir a trabajar? Fingir sonrisas y que todo está bien, definitivamente que no — les respondo.

Y es que muchas veces resulta incomprensible para otras personas tener siquiera la más mínima idea por lo que uno está pasando, para muchos resulta simple criticar y juzgar, cuando no se pasa por una situación como la mía, aunque soy perfectamente consciente que hay muchas personas en el mundo con problemas peores que los míos, cada uno ve las cosas desde diversas perspectivas, solo que es un tanto decepcionante saber que al final del día, a nadie le importa lo que te pasa, lo que sientes, lo que piensas, pues a todos , incluyendo familiares y amigos, están muy ocupados viviendo sus vidas como para pensar siquiera en los problemas de otras personas.

Pasada la noche, y aun sin saber qué hacer con mi vida, decido salir a caminar un rato, es algo que siempre me ha relajado, las caminatas en la noche por la ciudad, un remanso de paz y tranquilidad, miro mi reloj y son casi las dos de la mañana. La ciudad tiene muchos nombres de lugares y calles en inglés, esto se debe a la presencia de bases militares que hay en el país. El gobierno nos dijo que era la única forma de mantener la vía interoceánica segura ya que no tenemos ejército. La primera vez que Panamá tuvo ejército, vivimos una dictadura militar de veintiún años que acabo con una intervención militar por parte de Estados Unidos, con el objetivo de desarticular las fuerzas armadas, derrocar el entonces dictador, el general Manuel Antonio Noriega y la instauración de la "democracia" en el país. La segunda vez que tuvimos ejército, vivimos una guerra civil que duro treinta y cinco años; acabo con otra intervención militar estadounidense, solo que esta última intervención dejo al país en ruinas, en relación con la primera.

Camino por la cinta costera, cuando de repente una mujer muy extraña se me acerca, es elegante, alta de estatura, cabello negro, ojos cafés, y piel canela. Tenía puesto un traje rojo ceñido al cuerpo y unos zapatos de tacones color rojo con ciertos detalles en negro, llevaba un collar muy peculiar que llamo mi atención, era una especie de cruz maltesa, pero con un símbolo bastante extraño en el centro. Ella se aproxima a donde yo estoy.

—Hola, ¿cómo estás? —me dice con un tono de voz bastante bajo y un acento extranjero.

—Hola, estoy bien. ¿Y tú? —le respondo yo, en un intento por iniciar conversación.

—Estoy bien, pero tu pareces no estarlo tanto —responde ella mientras me mira de manera picara, muerde su labio inferior y levanta la ceja izquierda.

—Solo paso por un momento difícil en mi vida, esos momentos que los recuerdos amargos llegan y cada día que pasa, resulta aún más difícil de olvidar".

—Sé a lo que te refieres, a mí me pasa lo mismo que a ti — me responde con un suspiro;

una media sonrisa sale de sus labios y esa mirada pícara que resulta imposible no quedar cautivado ante ella.

—¿Y qué hace una mujer como tú a esta hora de la noche, sola por la calle? —pregunto yo, únicamente con el fin de mantener la conversación, pues las calles de la ciudad son perfectamente seguras, hace años que no hay crímenes de ningún tipo en horas nocturnas.

—Lo mismo que tú —me responde con una sonrisa.

—Lo que sea que tengas que hacer, sea cual sea la decisión que debas tomar, piénsalo bien, pero al final, en el último momento, haz lo que te diga tu corazón, nunca olvides eso —termina ella.

—¿Cuál es tu nombre? ¿podré verte de nuevo? — le pregunto.

—Mi nombre es Milagros, y tal vez puedas volver a verme. En un futuro, quizás —responde ella mientras se va caminando.

Trato de ir tras ella, sin embargo, se pierde entre la neblina de la noche.

Luego de esa extraña conversación, me voy a casa a dormir, pues sé que mañana me espera un largo día.

A la mañana siguiente, despierto con la emoción de recibir el nuevo día, solo que al igual que los días anteriores, esa emoción se va exactamente a los diez segundos de haberme levantado de la cama. No le encuentro un sentido o un rumbo a mi vida, me he encontrado a mí mismo y simplemente lo que encontré no me gusto. En este punto no sé si preferiría vivir en una mentira o la realidad, cual más dolorosa sea cualquiera de ellas, simplemente busco una escapatoria a este suplicio.

De modo que, hago una cita en SINEMOTUS para que me hagan la evaluación y programen mi cirugía. Llamo al lugar y programan mi cita para hoy mismo a las cuatro y treinta de la tarde.

Solicito unos días de vacaciones en el trabajo con el objetivo de organizar todas mis cosas y también despejar la mente un poco.

Llego a SINEMOTUS, es un edificio de grandes dimensiones, está en la lista de los más altos del planeta, considerada por muchos como una magna obra de la ingeniería.

Llego al consultorio del doctor Pablo Candanedo, es nada más y nada menos que el hijo del creador de este sistema contra la depresión.

—Buenas tardes Jonathan, ¿cómo se encuentra? —pregunta el doctor con un tono bastante sarcástico.

—Doctor, si estuviese bien, no estaría aquí, supongo que eso responde a su pregunta"-Le respondo con un tono al igual de sarcástico.

—Definitivamente —responde el con una risa un tanto burlesca.

—Vi la nota de referencia de su doctora, al igual que revise todo su expediente, y sin lugar a duda, usted es candidato perfecto para el tratamiento y si lo desea, podemos hacerlo ahora mismo, es un procedimiento ambulatorio y no es para nada doloroso, se trata de eliminar el dolor, de modo que sería un tanto irónico que el tratamiento resulte doloroso —dice el médico, ahora con un tono más serio.

134

—Está bien, doctor, hagámoslo de una vez —le respondo decidido.

—Perfecto, por favor vaya donde la secretaria que ella le facilitara toda la documentación pertinente, luego de firmar los papeles, vendrá una enfermera por usted y le indicara los siguientes pasos a seguir.

Luego de llenar todos los papeles y firmar todos los documentos, se los facilito a la secretaria del doctor. Ella me dice que espere en la sala mientras viene una enfermera por mí. Al cabo de un rato, llega la enfermera, me dice que no me preocupe, que muy pronto me sentiré mucho mejor.

Me quito la ropa que traigo puesta y me pongo una bata blanca que la enfermera me entregó. Me acuesto en la cama y luego una luz casi incandescente impacta sobre mi cara, mientras el médico encargado entra al salón de operaciones, la enfermera comienza a anestesiarme, ella dice que cuente hasta diez y que mira fijamente al cielo. Eso precisamente hago, luego de contar hasta diez, absolutamente todo se blanco, luego de eso no recuerdo más nada.

Hasta cuando desperté en la sala de recobro.

Viene a mi uno de los médicos,

—¿Cómo se siente? —me pregunta,

—No siento nada —le respondo

Estoy algo confundido y con un dolor de cabeza bastante leve. Luego la enfermera me acompaña hasta la otra sala para cambiarme de ropa. Aún estoy mareado.

Luego ella me da unas pastillas que supuestamente son para el malestar.

Voy a la caja a pagar, y luego salgo de aquel lugar.

136

Mientras voy caminando, no siento nada, es como si un vacío invadiera por completo mi ser, recuerdo a Carmen Cecilia, pero ya no siento nada por ella, no me siento triste, no me siento deprimido, pero tampoco me siento feliz, quisiera estar feliz, por el simple hecho de ya no estar triste, pero hasta una sonrisa es imposible en mi rostro.

Al fin mi sueño se ha vuelto realidad. Pasados algunas semanas luego de la cirugía, aun siento ese vacío en el pecho, no encuentro placer en absolutamente nada, me desempeño en mi trabajo mejor que nunca, ahora con mayor concentración pues ya no pienso en todas las cosas que alguna vez me afligieron.

Ahora salgo con muchas mujeres, todas muy hermosas, hubo una en particular que siempre estuvo detrás de mí, pero yo siempre estaba pensando en Carmen Cecilia y nunca le preste atención. Accedí a salir con ella. Fuimos a comer y luego al cine. Luego de la velada romántica la acompaño hasta su casa.

137

Ya prácticamente en la entrada, ella me invita a pasar para tomar algo. Yo gentilmente accedo a su invitación. Su apartamento es bastante cómodo, ella me da una copa de vino y nos ponemos a conversar un rato, luego de un rato de amena conversación, ella me besa, en mi mente no hay absolutamente nada y ese beso no significa nada para mí, luego ella se toma una capsula anti reproducción/infección venérea, me da una a mí, yo me la tomo. Estas capsulas vinieron a reemplazar todos los métodos anticoncepción y anti enfermedades venéreas que había en el pasado, eso solo como modo de método anticonceptivo, pues al nacer, todos son vacunados contra todo tipo de enfermedades infectocontagiosas, incluyendo enfermedades venéreas.

Después, ella comienza a quitarse la ropa, yo la beso y la acaricio, mas no tengo emoción alguna por ella, solo lo hago por inercia, ella desabrocha mi pantalón mientras la beso, luego

138

ella se agacha y comienza a hacerme sexo oral, mientras yo estático como una piedra en su sillón, aún sigo sin sentir absolutamente nada, ella siguió haciéndolo como por treinta minutos hasta que eyaculé en su boca, disfrute el orgasmo, luego no sentí nada, luego ella me pide que vayamos a la recamara pues quiere que la penetre, nos dirigimos hacia la recamara, ella tiene una cama de tamaño doble, las cortinas son blancas y las paredes son de color rosado, en la cómoda, un espejo grande y un muchos perfumes, el olor en su remara es simplemente exquisito. Luego de acostarnos en la cama, la sigo besando, ella me pide que frote mi pene contra su muslo; eso parece gustarle, posterior a eso, procedo a penetrarla, luego de aproximadamente dos horas y media, yo eyaculo nuevamente, esta vez en el interior de su vagina, ella luce exhausta, dice que todo estuvo excelente, más yo no sentí nada mientras la penetraba, solo cuando eyacule sentí el orgasmo y luego una especia de vacío y sin sabor invadió mi ser al unísono. Acabo de tener relaciones sexuales con una mujer muy hermosa, que

139

lleva mucho tiempo enamorada de mí, más yo no soy capaz de corresponder a sus sentimientos, ni siquiera hipócritamente, pues no tengo capacidad para sentirme triste o sentirme feliz ante nada.

Estuvimos juntos toda la noche.

A la mañana siguiente, desayunamos juntos mientras conversábamos sobre la película que habíamos visto anoche. Quedamos en volver a salir juntos alguna vez. Yo me despido y salgo para mi casa, pues aun debo cambiarme para ir a trabajar.

En el camino, voy pensando en todo lo que paso esa noche, reflexionando sobre esa situación, comienzo a dudar si esto era lo que yo realmente quería, en mi afán por superar la depresión que tanto me agobiaba, he perdido todo tipo de esperanza en volver a enamorarme, en volver a sentir las cosas que alguna vez sentí por Carmen Cecilia, de repente suena mi dispositivo de comunicación móvil, es mi amiga Laura en video conferencia.

—Hola, buenos días Jonathan, ¿cómo estás?, trate de llamarte ayer pero tu numero salía apagado" - me dice Laura.

—Estuve algo ocupado —le respondo yo.

—Eso indica que estuviste con alguien, es una buena señal, ya estás viendo a otras personas, quizás ese tratamiento no fue tan mala idea después de todo"

—Bueno, sí es cierto, estuve con alguien, pero no fue lo que yo esperaba, no lo disfrute la verdad, no sentía nada, ya no estoy seguro si esto es lo que yo realmente quería, me prive de la posibilidad de conocer a otra persona, de volver a sentir las cosas que alguna vez sentí, de ser finalmente feliz con alguien que me quiera y me aprecie por lo que soy — respondo yo con una voz seca y fría.

—Las cosas no siempre salen como queremos, muchas veces tomamos decisiones que quizás no eran las correctas, la vida es un constante aprendizaje, tomamos decisiones, cometemos aciertos y errores del mismo modo que seguimos adelante. Sabes que cuentas conmigo para lo que necesites, no estás solo, haz lo que consideres que es lo correcto y con lo que más cómodo te sientas —me dice Laura.

"Gracias, tu siempre has sido una amiga incondicional, no se la verdad que haría sin ti, tu amistad significa mucho para mí"- le respondo yo.

Luego de esa conversación, llego a mi casa a cambiarme para ir a trabajar, entre más vueltas le doy, más me convenzo de que tomé una mala decisión al someterme a ese procedimiento, por lo tanto, decido ir a SINEMOTUS en busca de reversar el tratamiento contra las emociones.

142

Llamo al trabajo para avisar que no podré ir y salgo hacia SINEMOTUS.

Cuando llego al lugar, pido hablar con el médico que me realizo el procedimiento. Lo llaman y la asistente me dice que puedo pasar al consultorio.

"Buenos días doctor, vengo porque ya no estoy cómodo con el dispositivo en mi cabeza, quiero que lo remuevan, quiero volver a sentir emociones de nuevo, quiero amar, quiero reír, quiero sentirme triste, quiero tener la posibilidad de encontrar un nuevo amor, de romper y que me rompan el corazón, de equivocarme y seguir adelante" - Le digo al médico.

Él se queda unos minutos pensativo, luego le dice a la asistente que me lleve a la oficina del doctor Candanedo.

Ella me lleva hacia el lugar.

—¿Cuál parece ser el problema Jonathan? — me dice el doctor Candando con una voz de intriga.

—Quiero volver a sentir emociones de nuevo, quiero volver a amar.

—De modo que quieres volver a sufrir también, quieres volver a estar deprimido, quieres volver a llorar por esa mujer que no te quiere. ¿Es eso lo que quieres?

—Eso es lo que quiero.

—Nunca alguien había pedido reversar el proceso, puede realizarse, pero es una cirugía un poco más delicada y corres el riesgo de morir durante la misma, lastimosamente no estamos en la capacidad de poder realizarla, esta detallado en los documentos que firmaste antes que se te realizara el procedimiento, lo siento mucho Jonathan —me dice el doctor.

Desde luego, no tomé la previsión de leer todos los documentos que me habían hecho firmar en aquel momento, luego de revisarlos, me di cuenta de que, en efecto, lo que me dijo el doctor era cierto.

Mientras voy saliendo del edificio, uno de los aseadores del lugar se acerca hacia mí.

—¿Usted es el que quiere reversar el procedimiento verdad? —me dice el hombre entre susurros.

—Si, así es —le digo.

—Aquí es peligroso hablar, espéreme en el restaurante que se encuentra a dos cuadras de aquí, yo le daré la información que necesita.

Él se aleja de mí mientras pasa el trapeador sobre el piso, que esta tan brillante de limpio que incluso es posible verse reflejado claramente en el mismo.

Me pareció un tanto extraño ese señor, pensé en no ir al lugar donde me citó, sin embargo, viéndolo desde otra perspectiva, no tengo nada que perder, así que decido ir al lugar.

Una vez que entro a aquel restaurante, decido sentarme en una de las mesas y pido un cappuccino moca. El restaurante luce bastante descuidado en comparación los otros establecimientos en el área.

Al cabo de un rato de esperar, aquel hombre se aparece, de estatura media, cabello castaño, de mediana edad y una voz de bajo profundo.

—Señor Valdivieso, mi nombre es Alfredo, y usted no es el único que ha intentado revertir el procedimiento.

—¿Cómo sabe mi nombre? —respondo yo ante su comentario.

—En SINEMOTUS se sabe casi todo señor, naturalmente muchas personas han intentado revertir el proceso, a la compañía ni al gobierno les conviene que se sepa la gran cantidad de personas que han muerto durante la cirugía de reversión, la empresa quedaría mal parada a nivel internacional, tendría que cerrar y el gobierno dejaría de percibir mucho dinero en impuestos que se pagan, sin embargo, hay alguien que desarrollo un método para revertir el proceso, es algo delicado también, pero tiene mayores expectativas de éxito".

—¿Quién es esa persona?

—Un viejo médico que formó parte de la investigación, fue despedido de SINEMOTUS hace algunos años, ahora trabaja de manera independiente, hemos ayudado a muchas personas en su situación —dice Alfredo.

—Lléveme con él, es mi única esperanza de volver a sentir lo que alguna vez sentí y ya no soy capaz de sentir, pues mis sentimientos se han ido —le digo a Alfredo.

Él se levanta de la mesa y solo dice; "sígame".

Salimos de aquel lugar, el camino muy aprisa y yo voy detrás de él, caminamos un par de cuadras

147

más después del restaurante y llegamos hasta una parte de la ciudad que no conozco, hay un edificio mediano a un costado de un terreno baldío, entramos al edificio y hay una especie de puerta bajo las escaleras, abrimos la puerta y allí está la oficina del doctor Anastasio Medina, un hombre bastante mayor, de aspecto mediterráneo, casi calvo y con barba.

—¿Cómo esta Jonathan?" —me dice el doctor Medina con una voz algo ronca, producto de su longevidad.

—Estoy bien, supongo, pero usted sabe que podría estar mucho mejor —le respondo yo.

—Lo sé, eres parte de las fallas que tiene SINEMOTUS como tratamiento contra la depresión, déjame contarte como empezó todo para que tengas una idea —dice el doctor Medina.

Yo inclino la cabeza en señal de aprobación, luego el comienza a contar la historia.

—Mi sueño era lograr un tratamiento efectivo contra la depresión, por eso estuvimos por muchos años un equipo de investigadores, entre ellos el doctor Candanedo, buscando la manera que bloquear los sentimientos de tristeza, el objetivo de SINEMOTUS jamás fue crear zombis, personas frías y sin emociones, todo lo contrario, era hacer que las personas solo fuesen capaces de ser felices, aun si estuviesen abrumados de problemas, la depresión es un trastorno del estado de ánimo, transitorio o permanente, caracterizado por sentimientos de abatimiento, infelicidad y culpabilidad, además de provocar una incapacidad total o parcial para disfrutar de las cosas y de los acontecimientos de la vida cotidiana. Recuerda que la mente puede más que las necesidades del cuerpo, la depresión muchas veces trae consigo enfermedades físicas, por la gran cantidad de mensajes negativos que son enviados del cerebro al cuerpo humano, así que como podrás imaginarte,

149

no solo crearíamos personas felices, sino que paralelamente erradicaríamos muchas enfermedades en el planeta, desafortunadamente muchos estudios revelaron que al suprimir las emociones tristes del cerebro, también suprimíamos la capacidad de sentir felicidad, de amar, de sentir placer, fue por eso que quise cancelar el proyecto, pero Candanedo se cegó por el dinero, pues eran muchas las personas que estaban dispuestas a pagar mucho dinero con tal de ya no sentirse deprimidas, causó mucha polémica en aquel entonces, pues se debatía sobre si valía la pena sacrificar la posibilidad de volver a hacer feliz con tal de superar la tristeza y la desolación. Fue entonces cuando yo me retire del proyecto, y Candanedo comenzó a operar clandestinamente hasta que el gobierno descubrió los millones de dólares que se hacían en SINEMOTUS, el mundo no es perfecto, estamos aquí para ser felices, pero también para sufrir, de modo que son muchas las personas que darían lo que fuera con tal de no sentirse tristes —dice Medina mientras fuma un cigarrillo.

—De hecho, ni si quiera se llamaba SINEMO-TUS, ese nombre se lo puse yo luego de ver lo que paso con el primer humano al que le aplicamos el tratamiento, desde luego mucha gente no sabe lo que significa esa palabra, piensan que el nombre se adoptó porque sonaba bonito". - Dice el doctor Medina.

—SINEMOTUS, eso es una palabra en latín —le respondo al doctor luego de contarme su historia.

Recordé las clases de latín en la universidad, las cuales se hicieron obligatorias luego de la gran transformación curricular que se hizo muchos años atrás. Irónicamente, mucha gente olvida esas clases, pues son consideradas tediosas y aburridas.

Luego de eso, el doctor guarda silencio por algunos minutos, yo me quedo en silencio también, mientras el revisa algo en su computadora, parece un tanto sorprendido, luego mira su reloj, luego mira su calendario, luego hace unas anotaciones en su agenda, no articula palabra alguna.

De pronto, levanta el teléfono, y marca una especie de extensión y comienza a hablar con una mujer, un idioma muy extraño, como una mezcla entre árabe, ruso y cantones. No logro diferenciar que clase de idioma es, enciendo mi teléfono y activo la opción de traductor por voz, con el ánimo de saber que están hablando, pero mi teléfono no reconoce ese idioma.

Terminada la conversación, el galeno dice:

—Podemos hacerte la intervención mañana mismo, ¿estás seguro de que aun quieres hacerlo?"-

A lo que yo respondo:

—Claro que sí, sé que quizás vuelva a sufrir, volveré a sentirme triste, pero también podría volver a amar, a estar feliz, a sentirme alegre, podre hallar hermosura en las cosas simples de la vida, eso es lo que quiero.

—Bueno, entonces será para mañana, a las 7:00 pm, acá te espero Jonathan —dice el doctor al despedirse.

Me voy rumbo a casa para prepararme. Mañana será la intervención.

Mientras voy caminando, miro al cielo, está totalmente oscuro; a pesar que apenas son las cuatro de la tarde, muchas estrellas en el firmamento, recuerdo cuando solía apreciar la belleza de las estrellas en el cielo, alguna vez mire al cielo y a la estrella más hermosa que vi en el momento; le puse el nombre de ella, precisamente para cada momento que estuviese lejos, me la recordara, esa que con su luz iluminaba mi camino, en mi mente recuerdo aquellos momentos, tantas son las ansias que tengo que vuelvan.

Finalmente llego a casa y me acuesto a dormir, será un día largo mañana.

A la mañana siguiente preparo todo para la cirugía con el doctor Medina, mis buenos amigos Laura y Camilo decidieron venir para acompañarme.

—Me alegro de que esta vez nos hayas llamado para acompañarte Jonathan —dice Camilo mientras se come una de las tostadas que preparó Laura para el desayuno.

—Es cierto, debiste avisarnos el día que fuiste a SINEMOTUS para acompañarte, nunca se sabe que podría pasar, lo natural es que tuvieses a tus amigos a tu lado —dice Laura mientras toma un vaso de jugo que acaba de servirse.

—Debí avisarles para que me acompañaran, desafortunadamente en ese momento atravesaba por muchas cosas y quería estar solo, ahora bien, les agradezco mucho el gesto que tienen de acompañarme a la cirugía para revertir el proceso, en teoría debe ser algo casi ambulatorio; a no ser que ocurra algún tipo de complicación —le respondo a ambos.

—¡Ay no digas eso!, no seas ave de mal agüero, todo va a salir bien, además dicen que hierba mala nunca muere —dice Laura entre risas y con un tono sarcástico

Al cabo de varias horas, salimos rumbo a la clínica del doctor Medina.

Una vez llegamos al lugar, me recibe una enfermera, muy alta, hermosa, por alguna razón tenía la extraña impresión que ya la había visto anteriormente, solo que no puedo recordar en dónde. Ella me sonríe y sin embargo yo sigo sin poder recordarla; mis amigos esperan afuera, en el salón de operaciones hay una especia de vidrio donde alcanzo a verlos,

155

mientras tanto la enfermera me dice que cuente hasta diez mientras miro al techo, en ese momento comienzan a aplicar la anestesia, apenas veo al doctor entrar a la sala, estoy a punto de quedarme dormido y solo alcanzo a escuchar un: "todo va a estar bien, no te preocupes".

Mientras, estoy quedando dormido producto de la anestesia, vienen a mi mente los recuerdos de mi niñez y adolescencia, en mi etapa adulta; muchos momentos de felicidad y de tristeza, van muy aprisa las imágenes, hasta que llego al punto en que entre a la sala de cirugía, el día de hoy. Luego una estela de humo blanco invade mis ojos, seguido de un vacío infinito, todo color negro.

Al despertar, veo a la enfermera hermosa que me acompaño antes de ingresar a cirugía, alcanzo a ver una placa que tiene adherida en su camisa, su nombre: es Milagros, ella me mira y sonríe mientras alza la ceja izquierda.

—Te dije que quizás volveríamos a vernos, ¿lo recuerdas? — me dice Milagros mientras hace anotaciones en una cuadricula.

—Es cierto, antes no te recordaba, pero ahora sí —le respondo yo aún algo dormido, producto de la anestesia asumo yo. En ese momento, entran mis amigos; Laura y Camilo muy emocionados al verme despierto.

—Qué bueno que despertaste, estuvimos preocupados por ti —dice Laura con lágrimas de alegría en sus ojos color miel.

—Es cierto, sabes Jonathan, estuviste casi una semana dormido, pensamos que no te levantaría —dice el doctor Medina.

—Y bien hombre, ¿cómo te sientes? —pregunta Camilo.

—Dinos cómo te sientes, Jonathan —me dice Milagros mientras toma mi mano, sonríe pícaramente y me guiña el ojo izquierdo.

—¿Cómo me siento?; pues básicamente permítanme decirles ya no me siento triste — Les respondo yo mientras sonrío de oreja a oreja.

Mis amores, las prostitutas

Jorge Morales – Franceschi

Un tráfico vehicular descomunal en la ciudad de Panamá; Ricardo mira su reloj preocupado pues sabe que llegara tarde a la universidad, tiene clases con un profesor muy estricto y que no tolera tardanza o ausencia so pretexto que es obligación de los estudiantes madrugar para llegar temprano y cumplir con todas las asignaciones, lastimosamente Ricardo no tiene la opción de madrugar, pues estuvo despierto toda la noche; ya que trabaja en la madrugada para poder pagarse su universidad y demás gastos misceláneos. El turno le conviene ya que en la carrera que está estudiando, pasa prácticamente todo el día en la universidad.

Él es estudiante de tercer año de ingeniería en sistemas computacionales en la Universidad Tecnológica de Panamá.

Finalmente, el autobús llega a la parada de la universidad, Ricardo corre a toda prisa para llegar al edificio número tres, lugar donde se ubica la facultad de ingeniería en sistemas.

Al llegar entra al salón, justo a tiempo antes que el profesor.

—Llegaste justo a tiempo Ricardo, ya sabes cómo es el profesor; la otra vez no dejo entrar a Roxana al salón por llegar tarde. —le dice su compañero y mejor amigo Víctor.

—Si, tuve suerte, había mucho tráfico para llegar hasta aquí —responde Ricardo.

Ambos comienzan a conversar mientras el profesor se prepara para inicial la clase. Como se sientan en la última fila, pasan prácticamente desapercibidos.

—Sabes que ayer pelee con mi novia Laura, luego de casi seis meses de estar saliendo; no se la verdad, siempre tengo que sufrir y llorar por mujeres, ya estoy cansado de eso la verdad —le comenta Víctor.

—Bueno, eso se soluciona fácilmente, comienza a sufrir y llorar por hombres —le responde Ricardo casi muerto de la risa.

—¡Ja, ja, ja, ja, ja!, muy gracioso Ricardo, muy gracioso. Ya te veré a ti cuando te llegue el amor sufriendo como un infeliz.

—Esperemos que eso no pase en ningún momento cercano, ahora mismo tengo muchas cosas en que pensar —responde Ricardo.

Y precisamente, a Ricardo no le ha llegado el amor aún, es un muchacho de estatura media, cabello negro, ojos chocolates, tez trigueña, honesto, trabajador y de buenos principios y valores; de hecho, han sido muchas las chicas interesadas en él, pero siempre él las rechaza, pues tiene altos estándares, por decirlo de algún modo; espera por una muchacha dulce, de buenos principios, cariñosa, y sobre todo que se lleve bien con su mamá. Ricardo, si bien ha tenido una que otra aventura casual, jamás ha llevado mujer alguna a su casa ni presentado a su madre.

Tiene muy claras cuáles son sus metas, espera graduarse de la universidad, conseguir un buen trabajo, ahorrar algo de dinero y luego pensar en formar una familia. Ricardo jamás pensó que el amor llegaría a su vida y en el momento menos esperado.

Luego de aquella clase, Ricardo y sus amigos fueron a la cafetería pues era la hora del almuerzo, él como siempre estaba distraído estudiando para un parcial que tenían a las 3:20 de la tarde ese mismo día; una muchacha se acerca donde Víctor a pedirle un bolígrafo para anotar algo.

—No tengo bolígrafo, lo siento, vine a la guerra sin armas; pero mi amigo Ricardo si tiene —le responde Víctor con una sonrisa a aquella muchacha.

—¿Tendrás algún bolígrafo que me prestes?". - le pregunta aquella muchacha a Ricardo.

—Si claro, toma —le dice Ricardo, apenas levantando la mirada.

—Gracias, eres muy amable —le dice aquella muchacha.

Luego que la muchacha se fue, Víctor empezó a comentar con Ricardo sobre ese suceso.

—¿Notaste la forma en que te miraba esa muchacha Ricardo? —le dice Víctor a Ricardo.

—La verdad no, estaba muy concentrado en estudiar, e incluso podría estarlo ahora si no me estuvieras interrumpiendo —le responde Ricardo.

—Percibo cierta hostilidad de tu parte, la verdad la muchacha te estaba coqueteando y no lo notaste —dice Víctor.

—No hay hostilidad alguna, solo quiero estudiar, este examen es muy importante —riposta Ricardo.

Cierta tarde, cuando Ricardo se disponía a subir las escaleras para ir a dar clases, cuando de pronto tropieza con una muchacha que venía bajando las escaleras. Producto del tropiezo, a ella se le caen un libro y un cartapacio que llevaba en la mano, Ricardo rápidamente se agacha para ayudarla a recogerlos.

—Discúlpame, venia distraído —le dice Ricardo.

—No tienes por qué disculparte, en verdad era yo la que venía distraída —responde la muchacha con una sonrisa.

—¡Espera!, creo que tú y yo ya nos conocemos, tú eras aquella muchacha que me pidió un bolígrafo en la cafetería el otro día, ¿verdad?

—¡Oh!, sí, soy yo, no pensé que no me recordarías, apenas si levantaste la mirada ese día, estabas muy concentrado en estudiar para tu parcial, mi nombre es Massiel Ruiz"- le dice ella.

—Mucho gusto Massiel, mi nombre es Ricardo Mendoza".- le responde Ricardo mientras le da la mano. Ricardo no paraba de mirarla fijamente a los ojos, era como si estuviese completamente embelesado por ella, y no es para menos, pues Massiel es una muchacha muy hermosa, de estatura media, cabello castaño, ojos color miel, tez trigueña, senos un tanto pronunciados y piernas despampanantes.

—Bueno, gracias por ayudarme a recoger mis cosas, nos vemos —le dice Massiel mientras se despide.

Ricardo también se despidió de ella y siguió su camino rumbo a dar clases.

Pasaron algunos días y por algún extraño motivo, Ricardo no dejaba de pensar en Massiel, en aquel encuentro fortuito entre ambos y en el cautivado que había quedado ante su presencia aquel día.

Ricardo le comenta a su mejor amigo Víctor lo que le está pasando.

—Por alguna extraña razón, no puedo dejar de pensar en aquella muchacha"-

—¿Cuál muchacha?, ¿la que tiene muchos barros en la cara y usa unos lentes hipsters? — le pregunta Víctor con un tono bastante sarcástico, y entre risas.

—No, esa no, aunque pensándolo bien, es imposible no pensar en aquella muchacha, es muy inteligente y amable; la verdad no comprendo por qué no se arregla, hoy día hay muchos tratamientos contra los barros y otras infecciones en la piel, seguro debe ser una muchacha muy hermosa, pero no es de ella de quien te estoy hablando Víctor, te hablaba de Massiel.

—¿Y quién rayos es Massiel, amigo mío?"-

—¿Recuerdas a aquella muchacha que se acercó a pedir el bolígrafo el otro día que estábamos en la cafetería?, bueno es ella. La volví a ver después de aquel incidente, y desde entonces, no puedo dejar de pensar en ella —le indica Ricardo a Víctor.

—Bueno, ¿y le pediste su teléfono para llamarla o mandarle mensajes instantáneos?

—La verdad no, no se me ocurrió en el momento, solo se cómo se llama y eso es todo.

—Dime, ¿al menos sabes en qué carrera estudia?"-

—Tampoco Víctor, es por eso por lo que no puedo dejar de pensar en ella, quisiera verla, mas no sé cómo encontrarla.

—No te preocupes amigo mío, recuerda que conocemos gente que conoce gente, no creo la verdad que sea muy difícil de averiguar en qué carrera estudia tu amor platónico"- le responde Víctor con una sonrisa.

—¡Ojalá!, qué más quisiera yo que volver a ver a esa chica, tantas cosas que quisiera preguntarle —dice Ricardo entre suspiros.

Acabadas las clases, Ricardo se dirige hacia su casa; algo cansado y con ganas de dormir, pues debe ir a trabajar a las once de la noche. Aún sigue pensativo por Massiel, y aunque se muere por verla otra vez, lo sabe disimular muy bien, su madre que lo conoce como la palma de su mano, trata de indagar sobre el motivo de su estado de ánimo.

—¿Qué te ocurre hijo mío?, te noto un tanto extraño, es como si físicamente estuvieses aquí, no obstante, tu mente se encuentra en alguna tierra lejana.

—Mamá, usted siempre tiene ese extraño don de poder saber específicamente lo que me pasa.

—Para eso son las madres hijo, cuéntame.

—Conocí a una chica el otro día en la universidad, la primera vez que la vi; no le presté mucha atención, sin embargo, hubo otro encuentro con esa misma chica un par de días después y por más que intento, no logro sacármela de la cabeza, lo peor de todo es que no tengo la más mínima idea de cómo encontrarla.

—¡Oh Ricardo!, todo parece indicar que has quedado completamente flechado por esa muchacha —le dice su madre mientras le sonríe y le da un abrazo.

—Eso me temo madre, ya tengo varios amigos tratando de encontrarla.

—Ya verás que la vas a encontrar, créeme, tengo un buen presentimiento, mientras tanto, trata de comer algo y descansar un poco, recuerda que debes ir a trabajar más tarde —le dice su madre con una voz muy dulce.

Ricardo siempre ha sido muy unido a su madre, de nombre Maritza Mendoza, ya que solo se crio con ella; pues él nunca conoció a su padre, según lo que cuenta su madre; los abandonó a ambos cuando Ricardo era apenas un bebe, no fue siquiera digno de reconocerlo legalmente, y más nunca se supo noticia alguna de ese hombre.

Maritza trabajó muy duro para poder sacar adelante a Ricardo, siempre sola, pues a pesar de ser una mujer muy atractiva (tanto en su juventud, como ahora en su madurez), ella jamás buscó ayuda alguna de ningún hombre.

Luego de unas horas, Ricardo se dirige a su puesto de trabajo, él se desempeña como estibador en una empresa, siempre hace su trabajo con gran ímpetu, sin embargo, desde aquel

172

encuentro con Massiel, hace ya casi tres semanas, no ha podido concentrarse ni en su trabajo ni en sus estudios.

Al día siguiente en la universidad, Víctor lo saluda y le comenta que tiene buenas noticias.

—Buenos días mi hermano, te tengo excelentes noticias, para comenzar el día —le dice Víctor a Ricardo un tanto emocionado.

—¿De qué se trata?, ¿vas a seguir mi consejo del otro día y dejar de llorar por mujeres y comenzar a llorar por hombres? —le responde Ricardo en obvio tono de vacilón.

—Tú siempre con comentarios hilarantes, y definitivamente que no, jamás dejaría de llorar por las mujeres, son lo más bello y hermoso que ha podido existir en este mundo, sin ellas no somos nada, muchos dicen que siempre detrás de un gran hombre hay una gran mujer, yo pienso que a lado de un gran hombre siempre hay una gran mujer, pues son precisamente ellas las que nos motivan a nosotros a ser mejores"-

—Entonces tu y yo no somos hombres grandes, pues no tenemos mujeres a nuestro lado, y ni siquiera detrás"-

—Y sigues con el sentido del humor encendido, pero te digo que las tendremos amigo mío, solo que quizás tu antes que yo.

—¿Y eso por qué?

—Precisamente de eso venía a comentarte, antes de ser interrumpido abruptamente por tu sentido del humor mañanero.

—Está bien, lo siento. ¡Dime de qué se trata!

—Pues mira que ya dimos con tu amor platónico, Massiel Ruiz, ella está en tercer año de licenciatura en comunicación ejecutiva bilingüe; en la facultad de ciencia y tecnología, es por eso que la viste en este edificio. Incluso averigüé su número de teléfono y como encontrarla en Facebook, Twitter e Instagram.

—¿Cómo supiste tanta información sobre ella?

—No fue fácil, pero mira cómo se dieron las cosas, yo le comenté eso a Laura, ¡ah! por cierto, olvidé comentarte que Laura y yo somos amigos ahora, el asunto es que Laura conoce a un amigo de ella que conoce a un muchacho de ingeniería de alimentos, que conoce a una muchacha de comunicación ejecutiva bilingüe y esa muchacha es la mejor amiga de Massiel, y fue así como di con ella.

—¡Rayos! ¡Cuántas personas involucradas!

—No te preocupes, tu nombre no salió a relucir en ningún momento"-

—Gracias por la información, eres un buen amigo —le dice Ricardo

—No hay de que, para eso son los amigos, y entonces, ¿la vas a llamar o le enviaras mensajes instantáneos?

—No sé la verdad, todavía estoy pensando, si le escribo o la llamo, luego se preguntará como obtuve su número de teléfono y quedare como un sucio y vulgar acosador mequetrefe.

—Mira, búscala en Facebook y agrégala, comienza a seguirla en twitter, y si te pregunta como la encontraste, tu solo di que el mismo sistema te la sugirió pues estudian en la misma universidad.

—No soy muy fanático de las redes sociales, de hecho, casi nunca uso nada de eso, no tengo tiempo.

—Pues debes hacer tiempo, camarón que se duerme, se lo lleva la corriente, no seas pendejo, es ahora cuando debes aprovechar los recursos tecnológicos para conquistarla, ¡vamos amigo!, todo un estudiante de ingeniería en sistemas computacionales que no use redes sociales, eso está mal."

—Sabes que, en lo personal, siempre he sentido eso un estereotipo, además, la gente siempre nos busca para arreglar computadoras y encima de gratis"-

—La vida es dura Ricardo, pero no me cambies el tema, haz lo que te digo y veras que funciona"-

—Voy a pensarlo.

Durante las clases, Ricardo estuvo prácticamente distraído de principio a fin, pues no paraba de pensar en qué hacer con la información que había obtenido gracias a su buen amigo Víctor.

En una hora libre, decide ir al parque que se encuentra justo frente al edificio número tres. Ricardo siempre va allí en busca de relajación y para meditar. Justo en el momento que se dispone a sentarse en una de las bancas del lugar, voltea la mirada hacia su izquierda, y allí estaba ella, Massiel, tan hermosa como la última vez que la vio, solo que esta vez tenía el cabello teñido de un extraño color que Ricardo desconocía por completo. Él se acerca rápidamente hacia donde ella esta.

—Hola Ricardo, ¿cómo has estado? —le dice Massiel al verlo, con una sonrisa bastante picara en sus labios.

—Hola, la verdad no he estado tan bien como quisiera, te diré la verdad, aunque quizás parezca tonto e incluso pienses que estoy loco, pero desde aquella vez que te vi, no puedo dejar de pensar en ti, he perdido por completo la concentración tanto en mis estudios como en mi trabajo, no se la verdad que me pasa contigo, inclusive, mi amigo investigo en qué carrera estabas, pues la última vez que nos vimos, no te pregunte nada —le dice Ricardo un tanto apenado.

178

Massiel, lo mira fijamente a los ojos, se sonríe y le guiña el ojo izquierdo. La química entre ellos es casi instantánea, ambos intercambian miradas, varios minutos pasan, pero ninguno dice absolutamente nada, es de esos momentos en que solo con los ojos se ha dicho todo. Hasta que Massiel rompe el silencio.

—¿Exactamente en qué punto, según tu plan, es que vas a invitarme a salir?

—No tengo un plan Massiel, absolutamente todo esto ha sido improvisado.

—De modo que ya tú sabias todo de mí.

—Así es, incluso tu teléfono y como buscarte en las redes sociales.

—¿Y se puede saber cómo averiguaste todo eso?

—La verdad, es un cuento largo que mi amigo podría contarte mejor que yo ¿te gustaría ir a comer o al cine conmigo alguna vez Massiel?

—Claro que si — le responde ella

En ese momento, fue como si todo el mundo se detuviera, absolutamente todo y todos habían dejado de existir en el mundo y por fracción de segundos, los únicos habitantes del planeta eran Ricardo y Massiel. Luego de aquel éxtasis, Ricardo vuelve a la realidad.

—¿Te pintaste el cabello verdad?, te recordaba con el cabello castaño —le pregunta Ricardo.

—Si, así es, me lo teñí hace poco.

—¿Qué color es ese?

—Es rubio platinado.

—¡Vaya! jamás hubiese descifrado el nombre de ese color, en mi defensa solo puedo decir macho que se respeta solo conoce los colores primarios.

—Ja, ja, ja, ja, eres tan gracioso —responde Massiel con una sonrisa.

Massiel y Ricardo comenzaron a salir, al cine, a comer, a bailar, hacen muchas cosas los dos juntos, son prácticamente inseparables. Todos les dicen que hacen una bonita pareja. Transcurrido casi un año de relación, Ricardo comenzó a explorar la posibilidad de llevar a Massiel a su casa y presentársela a su mamá, sin embargo, había ciertas dudas en la mente de Ricardo; Massiel casi no habla de su trabajo, tiene dos teléfonos celulares, uno de uso personal y otro para su trabajo, y cada vez que el teléfono celular suena, ella debe salir apresuradamente.

—Específicamente, ¿de qué se trata tu trabajo mi amor? —le pregunta Ricardo.

—Trabajo limpiando casas mi cielo, te lo comenté el otro día —responde Massiel un tanto nerviosa.

Ricardo va a almorzar a la cafetería y se encentra en la fila para comprar, con su amigo Víctor.

—¿Cómo va todo con Massiel? —le pregunta Víctor.

—Bueno, todo va bastante bien, ya tenemos casi un año de estar saliendo, tan bien que incluso he llegado a pensar en llevarla a mi casa y presentársela a mi mamá.

—¡Oh por Dios!, no lo puedo creer, Ricardo Mendoza finalmente encontró el amor, y pensar que tu decías que el amor no llegaría a tu vida pronto, y ya ves —le dice Víctor entre alegría y asombro.

—Es cierto, yo solía decir esas cosas, y caí en la trampa del amor —riposta Ricardo.

Pasaron algunos días, y luego de haber meditado las cosas a conciencia, Ricardo cita a Massiel en un restaurante para conversar con ella.

—Mi amor, estuve pensando estos últimos días, y hay algo que quiero decirte.

—Dime mi amor.

—Hemos estado saliendo por casi un año y he decidido llevarte a mi casa y presentarte a mi mamá"

—¿Estás seguro de que quieres dar ese paso tan importante?"

—Sí, estoy más que seguro.

—Bueno, está bien, iré a tu casa y conoceré a tu madre.

Para Ricardo era un gran paso en la relación el hecho de llevar a Massiel a su casa sería la primera mujer que pisa su casa y que le presenta a su mamá. Él ya ha visitado la casa de Massiel algunas ocasiones, pero Massiel vive sola, pues los papas de ella murieron cuando ella era muy pequeña; fue una tía quien se encargó de ella, al cumplir los dieciocho años, Massiel asumió el control de la herencia de sus padres, comenzó a trabajar y ahorrar, es por lo que siempre ha sido una muchacha autosuficiente.

De regreso a su casa, Ricardo se sienta a conversar con su mamá y le comenta que le va a presentar a su novia, de manera formal, a lo que Maritza responde que le parece una idea excelente, invitar a Massiel a comer y así poder conversar y conocer a la novia de su hijo.

Finalmente llegó el día, Ricardo está a punto de entrar a la casa con Massiel.

—Mi amor, estoy algo nerviosa, ¿Qué tal que no le agrade a tu mamá?

—No te preocupes, ella te va a adorar, le he hablado muchísimo sobre ti, no te conoce, pero ya te quiere como una hija.

184

Ambos entran a la casa, Ricardo va a la cocina a saludar a su mamá e informarle que ha llegado con Massiel, mientras tanto, Massiel se sienta en uno de los sillones de la sala, la decoración de la casa es bastante sencilla, pero acogedora, mucha iluminación, las paredes pintadas de una tonalidad denominada blanco antiguo, hay muchas fotos en la pared de Ricardo a lo largo de su crecimiento.

Massiel por más que intenta relajarse, sigue aún muy nerviosa, tiene un extraño presentimiento.

—Mi cielo, te presento a mi mamá —le dice Ricardo a Massiel

Por fracción de segundos, un silencio se apodero del lugar, Maritza y Massiel intercambian miradas, como si ya se conocieran de alguna otra parte.

—¿Pasa algo malo mamá? ¿Massiel? —pregunta Ricardo.

—No, pasa nada hijo, mucho gusto Massiel, mi nombre es Maritza —responde la señora mientras le da la mano y un beso en la mejilla a Massiel.

Massiel se encuentra prácticamente muerta del miedo, al ver a Maritza; fue como si hubiese visto al mismísimo diablo en persona, Maritza un tanto desconcertada, sabe disimular muy bien frente a su hijo.

—Ricardo, acabo de recordar que hace falta más mayonesa para la ensalada, ¿serias tan amable de ir al supermercado a buscar un frasco grande por favor?

—Claro mamá, no hay problema.

—Yo voy contigo, mi amor —dice Massiel con ganas salir huyendo de aquella casa.

—Mejor quédate con mi mamá, así tienen oportunidad de conocerse y conversar, solamente no creas todo lo que te dice mi mamá, a veces tiende a darme mala publicidad —dice Ricardo entre risas.

Ricardo sale prontamente de la casa rumbo al supermercado en busca de aquel frasco de mayonesa para la ensalada. Massiel y Maritza se quedan solas en la casa. Maritza decide quitarse el delantal que tenía puesto y se sienta en la silla que se encuentra justo frente a la silla donde está sentada Massiel.

—¿Él lo sabe? —pregunta Maritza

—No señora Maritza, él no tiene idea —responde Massiel.

—¿Tú sabias que él era mi hijo?

—Le juro por lo más sagrado que yo no tenía ni la más remota idea que Ricardo era su hijo, nunca me dio la cabeza por asociar apellidos, créame que, de haberlo sabido, yo jamás me hubiese acercado a su hijo señora.

—Hace mucho que no te veo por el local, ¿estás trabajando independiente ahora o alguien más te está manejando?

—No señora, lo dejé cuando las cosas con su hijo se pusieron serias.

—¿Te has acostado con él?

—No señora Maritza, Ricardo en todo momento me ha respetado, incluso yo se lo propuse y él dijo que era mejor esperar, mire, yo de verdad amo a su hijo, seguí trabajando cuando recién empecé a salir con él, no obstante, luego que se fue formalizando la relación, fui ahorrando para dejar atrás esa vida e incluso acabo de conseguir otro trabajo limpiando casas y oficinas, no gano tanto dinero como antes, pero al menos es un trabajo honrado —dice Massiel prácticamente con lágrimas en los ojos.

Naturalmente que Massiel y Maritza ya se conocían, pues ambas eran prostitutas y trabajaban en el mismo burdel.

—Massiel, yo no soy quien para juzgarte, y a pesar que me siento mal , pues jamás en la vida hubiese querido que mi hijo se metiera con una prostituta, puedo percibir en tus ojos que de verdad lo amas, yo tampoco le he dicho que soy prostituta, fue así como lo saque adelante, yo le dije que su papá nos abandonó cuando él era muy pequeño, pero la verdad Massiel es que yo ni siquiera sé quién es su padre; tantos hombres con los que me acosté sin protección, ambas escogimos el camino fácil y ahora sufrimos las tristes consecuencias.

"Yo sé, y créame que después de haber conocido a Ricardo, no hay día en que no me arrepienta de haber tomado ese camino"-

"Eso lo sé, y aunque soy consciente que quieres enderezar tu vida ahora, debes tener en cuenta que el pasado siempre te va a perseguir, tú lo has engañado por casi un año, yo llevo veintidós años engañándolo, ¿tú crees que él será capaz de perdonar eso?

—Usted es su madre, y él la ama demasiado, claro que la va a perdonar, yo solo soy una mujer que acaba de llegar a su vida, yo sé que jamás el podrá perdonarme, y aun si me perdonara, jamás volvería a confiar en mí, la confianza es algo importante en toda relación señora Maritza, una vez que se pierde la confianza, es muy difícil recuperarla; es como si se quebrara un adorno de porcelana e intentara arreglarlo con pegamento, quizás estéticamente quede bien, mas siempre será frágil y propenso a volverse a romper —dice Massiel.

—No podemos seguir engañándolo, debemos decirle la verdad Massiel, él tiene derecho a saber.

190

—Si, debemos decirle, aunque sé que lo voy a perder para siempre, estoy dispuesta a pagar el precio por mis errores"-

—Eres una muchacha muy valiente Massiel, tienes la valentía que a mí me falto por veintidós años.

—Este ultimo año junto a Ricardo ha sido lo mejor que me ha pasado en la vida, y si he de perderlo, y si jamás en la vida yo vuelvo a ser feliz, al menos tuve la oportunidad de conocer el verdadero amor, y la verdad es que eso vale mucho más que todo el dinero del mundo —dice Massiel mientras se seca las lágrimas.

Fue entonces cuando ambas resolvieron decirle la verdad a Ricardo, sobre el pasado de ambas.

Ricardo llega del supermercado con la mayonesa que su madre le había encargado, el ambiente en la casa era demasiado tenso, afuera un cielo nublado; cual, si fuera a llover, no obstante, ninguna gota cae del cielo, una brisa veraniega invade el lugar con gran ímpetu, a pesar de ser una tarde de noviembre, mes característico por torrenciales aguaceros en la ciudad.

—Siéntate hijo mío, Massiel y yo tenemos que hablar contigo, es algo muy importante — le dice Maritza a su hijo con voz muy seria.

Ricardo obedece prontamente a su madre y se sienta en el sillón junto a Massiel, él toma su mano y la besa muy cariñosamente.

—Dígame mamá, ¿que eso tan importante que las dos mujeres más importantes de mi vida tienen que conversar conmigo?

A Massiel se le comienzan a aguar los ojos, y con voz resquebrajada, Maritza comienza a hablar.

—Hijo, tú jamás preguntaste en qué consistía mi trabajo, o los motivos de mis salidas en las noches, la verdad es que fui prostituta por muchos años, fue así como puede sacarte adelante, y te dije que tu padre nos había abandonado cuando tú eras tan solo un bebe, la verdad es que no tengo ni la más remota idea de quién es tu padre, atendía muchos clientes en mi juventud, solo supe una tarde de marzo, al ver que mi menstruación estaba retrasada, que estaba embarazada de ti; y créeme que ese fue el día más feliz de mi vida, a pesar que no estaba casada, ni tenía un hogar, tú fuiste ese motor que me impulso a seguir adelante, pese a muchas adversidades. Me retiré hace algunos años de atender clientes con regularidad, solo atiendo ahora a los mismos que tengo de hace muchos años, el dueño del burdel donde trabajo me asigno labores de administración, colaborar con las chicas nuevas y demás cosas, a Massiel yo ya la conocía, ella trabajaba en el mismo burdel que yo, al verla hoy aquí, me sorprendió mucho, pues hacia mucho que no la veía en el local; ella me acaba de confesar que dejo esa vida por ti, porque te ama más que nada en este mundo y desea formalizarse contigo.

193

Ricardo completamente atónito ante la confesión de su madre, no emite palabra alguna por algunos segundos, luego él dirige su mirada hacia Massiel.

—¿Todo lo que mi madre a dicho es cierto? —pregunta Ricardo a Massiel.

—Si mi amor, todo es verdad, y créeme que lo siento mucho.

—¿Cuándo pretendías contarme todo?, o ¿acaso en tus planes no estaba contemplado contármelo?

—Tenía mucho miedo la verdad, sabía que te perdería si te contaba la verdad, tu no ibas a querer estar con una prostituta.

—¿Y usted, mamá?, Massiel me oculto la verdad por casi un año, pero tú lo hiciste por veintidós años, de modo que, si no traigo a Massiel hoy a comer, jamás me habría enterado de la verdad —recalca Ricardo.

A Maritza se le comienza a aguar los ojos, ella no es capaz de articular palabra alguna.

—Lo que quiero que ambas entiendan es el hecho que no me molesta que hayan tomado el camino fácil en la vida, a fin de cuentas, yo no soy nadie para juzgarlas, lo que me molesta de sobremanera es la mentira por tanto tiempo, o mejor dicho, la omisión de información, yo lo hubiese entendido, o al menos tratado; puedo entender que tenían temor de mi reacción al conocer esta noticia, sin embargo, debieron darme la oportunidad, más aun triste me siento yo de saber lo poco y nada que las dos mujeres que más amo en esta vida me conocen, que sintieron la necesidad de ocultarme la verdad —dice Ricardo.

—Yo sé que cometí muchos errores hijo, y créeme que a lo largo de la vida los he pagado muy caros, todo lo que hice fue por amor —responde Maritza.

Ricardo se levanta del sillón donde estaba, comienza a dar un par de vueltas alrededor de la sala, nadie articula palabra, Maritza se va a la cocina en busca de una toalla para secarse las lágrimas, pues se le ha corrido todo el maquillaje; Ricardo se para justo en la ventana y mira hacia el horizonte, aquellas nubes de aguacero amenazante se han marchado, y un sol tropical irradia el atardecer.

Pasan varios minutos de silencio, hasta que Massiel por fin toma la palabra.

—¿Tienes hambre mi amor?, la comida ya estaba lista"

—No, Massiel.

Ricardo aún sigo de pie junto a la ventana, pensativo…

Maritza le dice a Massiel que deje a Ricardo tranquilo, pues ella siente que debe ir a hablar con él.

—Lo mejor será que yo me vaya, es obvio que necesitas estar solo —le dice Massiel a Ricardo.

—¡Espera un momento!, tengo una pregunta para ambas y preferiría hacerlo estando las dos presentes. Mi pregunta es: ¿Quién más sabe de esto?

—Nadie más —responden ambas al unísono

—¿Están dispuestas, ambas, a dejar el pasado atrás, a empezar de nuevo, a ser sinceras y dejar de omitir las cosas de ahora en adelante?

—Si, mi amor.

—Claro que si hijo.

—Yo la verdad no tengo absolutamente nada que perdonarles, ustedes son las mujeres que yo más amo en esta vida, y sea cual sea las decisiones que hayan tomado en el pasado, ya no importa, pues son conscientes del error y están dispuestas a enmendarlo, eso para mí es más que suficiente —dice Ricardo.

En ese momento él le da un fuerte abrazo a su madre y a Massiel.

Y fue así como Ricardo supo ser comprensivo con su mamá y su novia, pues si bien, cometieron un error, supieron afrontar la situación con gallardía.

Al cabo de un tiempo, Massiel y Ricardo contrajeron nupcias, se medaron a una casa en las afueras de la ciudad, tuvieron dos hijos y vivieron felices por muchos años. El jamás dudo del inmenso amor que sentía Massiel hacia él, del mismo modo que ella jamás del amor que Ricardo sentía. La vida nos pone pruebas un tanto difíciles, más no imposibles de superar, cuando el amor es grande y verdadero.

Jorge Morales-Franceschi

Jorge.moralesfranceschi@gmail.com

@jorgemf_11

Nace en la ciudad de Panamá, la tarde del martes 11 de junio de 1991. Cursó estudios de bachiller en ciencias en el prestigioso instituto José Dolores Moscote. Siempre se destacó como alumno ejemplar. Posteriormente ingresa a la universidad tecnológica de Panamá a cursar estudios de ingeniería civil.

Comenzó a escribir a la edad de catorce años algunos poemas y pensamientos.

El ensayo y la poesía siempre habían sido su predilección a lo largo de su adolescencia.

El 24 de diciembre del 2014 a las seis de la tarde, anuncia a través de sus redes sociales la publicación (de manera independiente) de su libro "A Quien Ama Las Emociones", un completo giro s en su carrera como poeta y ensayista, pues incursiona en el género "cuentos" con esta obra; se trata de cinco historias donde predominan el amor, la fantasía, el suspenso, el romance, pero sobre todo la crítica hacia una sociedad y un sistema claramente en decadencia.

Adicional, tiene un blog donde periódicamente publica artículos de opinión y ensayos sobre diversos temas de cultura general, así como algunos fragmentos más destacados de sus obras.

A Quien Ama Las Emociones